우리가 정말 알아야 할 우리 고전

가려 뽑은 삼국유사

'우리가 정말 알아야 할 우리 고전' 기획 위원

고운기 | 한양대학교 문화콘텐츠학과 교수
김현양 | 명지대학교 방목기 교육대학 교수
정환국 | 동국대학교 국어국문학과 교수
조현설 | 서울대학교 국어국문학과 교수

우리가 정말 알아야 할 우리 고전
가려 뽑은 삼국유사

초판 1쇄 발행 | 2005년 1월 10일
초판 24쇄 발행 | 2022년 5월 20일

원작 | 일연
글 | 최선경
그림 | 안태성
펴낸이 | 조미현

펴낸곳 | (주)현암사
등록 | 1951년 12월 24일 · 제10-126호
주소 | 04029 서울시 마포구 동교로12안길 35
전화번호 | 02-365-5051 · 팩스 | 02-313-2729
전자우편 | editor@hyeonamsa.com
홈페이지 | www.hyeonamsa.com

글 ⓒ 최선경 2005
그림 ⓒ 안태성 2005

*지은이와 협의하여 인지를 생략합니다.
*잘못된 책은 바꾸어 드립니다.

ISBN 978-89-323-1279-8 03810

우리가 정말 알아야 할 우리 고전

글―최선경 그림―안태성

가려 뽑은 삼국유사

현암사

우리 고전 읽기의 즐거움

문학 작품은 사회와 삶과 가치관을 총체적으로 담고 있는 문화의 창고이다. 때로는 이야기로, 때로는 노래로, 혹은 다른 형식으로 갖가지 삶의 모습과 다양한 가치를 전해 주며, 읽는 이에게 기쁨과 위안을 주는 것이 문학의 힘이다.

고전 문학 작품은 우선 시기적으로 오래된 작품을 말한다. 그러므로 낡은 이야기일 수 있다. 그러나 그 속에 담긴 가치와 의미는 결코 낡은 것이 아니다. 시대가 바뀌고 독자가 달라져도 고전이라는 이름으로 여전히 많은 사람에게 읽히는 작품 속에는 인간 삶의 본질을 꿰뚫는 근본적인 가치가 담겨 있다. 그것은 시대에 따라 퇴색되거나 민족이 다르다고 하여 외면될 수 있는 일시적이고 지역적인 것이 아니다. 시대와 민족의 벽을 넘어 사람이면 누구나 공감할 수 있는 보편적이고 세계적인 것이다. 그렇기 때문에 우리가 톨스토이나 셰익스피어 작품에서 감동을 받고, 심청전을 각색한 오페라가 미국 무대에서 갈채를 받을 수도 있다.

우리 고전은 당연히 우리 민족이 살아온 삶의 궤적을 담고 있다. 그 속에 우리의 지난 역사가 있고 생활이 있고 문화와 가치관이 있다. 타인에게 관대하고 자신에게 엄격한 공동체 의식, 선비 문화 속에 녹아 있던 자연 친화 의식, 강자에게 비굴하지 않고 고난에 굴복하지 않는 당당하고 끈질긴 생명력, 고달픈 삶을 해학으로 풀어내며 서러운 약자에게는 아름다운 결말을 만들어 주는 넉넉함…….

사람과 사람, 사람과 자연의 '어울림'을 중요하게 생각했던 우리의 가치관은 생활 속에 그대로 녹아서 문학 작품에 표현되었다. 우리 고전 문학 작품에는 역사가 기록하지 않은 서민의 일상이 사실적으로 전개되며 우리의 토속 문화와 생활, 언어, 습속이 구체적으로 드러난다. 작품 속 인물들이 사는 방식, 그들이 구사하는 말, 그들의 생활 도구와 의식주 모든 것이 우리의 피 속에 지금도 녹아 흐르고 있음이 분명하지만 우리 의식에서는 이미 잊힌 것들이다.

　그것은 분명 우리 것이되 우리에게 낯설다. 고전을 읽음으로써 우리는 일상에서 벗어나 그 낯선 세계를 체험하는 기쁨을 얻게 된다. 몰랐던 것을 새롭게 아는 것이 아니라 잊었던 것을 되찾는 신선함이다. 처음 가는 장소에서 언젠가 본 듯한 느낌을 받을 때의 그 어리둥절한 생소함, 바로 그 신선한 충동을 우리 고전 작품은 우리에게 안겨 준다. 거기에는 일상을 벗어났으되 나의 뿌리를 이탈하지 않았다는 안도감까지 함께 있다. 그것은 남의 나라 고전이 아닌 우리 고전에서만 받을 수 있는 선물이다.

　우리 고전을 읽어야 한다는 데는 이미 많은 사람이 공감한다. 고전 읽기를 통해서 내가 한국인임을 자각하고, 한국인이 어떻게 살아왔으며, 어떻게 살아가야 할지 알게 하는 문화의 힘을 느낄 수 있다.

　하지만 고전은 지난 시대의 언어로 쓰인 까닭에 지금 우리가, 우리의 청소년이 읽으려면 지금의 언어로 고쳐 쓰는 작업이 반드시 선행되어야 한다.

우리가 쉽게 접하는 세계의 고전 작품도 그 나라 사람들이 시대마다 새롭게 고쳐 쓰는 작업을 거듭한 결과물이다. 우리는 그런 작업에서 많이 늦은 것이 사실이다. 이제라도 우리 고전을 새롭게 고쳐 쓰는 작업을 할 수 있는 것은 우리의 문화 역량이 여기에 이르렀다는 반증이다.

현재 우리가 겪는 수많은 갈등과 문제를 극복할 해결의 실마리를 고전 속에서 찾을 수 있다고 확신하면서 우리 고전을 지금의 언어로 고쳐 쓰는 작업을 시작한다. 이 작업은 여기에서 멈추지 않고 앞으로도 시대에 맞추어 꾸준히 계속될 것이다. 또 고전을 읽는 데서 끝나지 않을 것이다. 우리 고전은 우리의 독자적 상상력의 원천으로서, 요즘 시대의 화두가 된 '문화 콘텐츠'의 발판이 되어 새로운 형식, 새로운 작품으로 끝없이 재생산되리라고 믿는다.

'우리가 정말 알아야 할 우리 고전'을 기획하면서 우리는 다음과 같은 몇 가지 원칙을 세웠다.

먼저 작품 선정에서 한글·한문 작품을 가리지 않고, 초·중·고 교과서에 수록된 작품을 우선하되 새롭게 발굴한 것, 지금의 우리에게도 의미 있고 재미있는 작품을 포함시키기로 하였다.

그와 함께 각 작품의 전공 학자들이 적극적으로 참여하여 판본 선정과 내용 고증에 최대한 정성을 쏟았다. 아울러 원전의 내용과 언어 감각을 훼손

하지 않으면서도 글맛을 살리기 위해 여러 차례 윤문을 거쳤다.

  마지막으로 시각 효과를 높이기 위해 내용에 맞는 그림을 곁들였다. 그림만으로도 전체 작품의 흐름을 알 수 있도록 화가와 필자가 협의하여 그림 내용을 구성했으며, 색다른 그림 구성을 위해 순수 화가와 사진가를 영입하였다.

  경험은 지혜로운 스승이다. 지난 시간 속에는 수많은 경험이 농축된 거대한 지혜의 바다가 출렁이고 있다. 고전은 그 바다에 떠 있는 배라고 할 수 있다.

  자, 이제 고전이라는 배를 타고 시간 여행을 떠나 보자. 우리의 여행은 과거에서 출발하여 앞으로 미래로 쉼 없이 흘러갈 것이며, 더 넓은 세계에서 더 많은 사람을 만나며 끝없이 또 다른 영역을 개척해 갈 것이다.

2004년 1월

기획 위원

글 읽는 순서

우리 고전 읽기의 즐거움 | 사

나라를 세운 영웅 이야기
조선을 세운 단군 | 십오
고구려를 세운 주몽 | 십팔
신라를 세운 혁거세 | 이십이
백제를 세운 온조 | 이십오
가야를 세운 수로 | 이십칠

왕을 도와 공을 세운 신하 이야기
충신 김제상 | 삼십삼
고매한 인격의 화랑 죽지랑 | 사십일
신무왕을 도와 궁파를 없앤 장군 염장 | 사십사
삼국 통일의 명장 김유신 | 사십칠

왕과 왕 주변의 신기한 이야기
돌 밑에서 나온 금빛 개구리 모양의 금와왕 | 오십삼
배를 타고 바다를 건너온 탈해왕 | 오십오
황금 궤짝에서 나온 김알지 | 육십
미추왕과 댓잎 군사 | 육십일
비처왕이 받은 서출지의 편지 | 육십사
진지왕의 혼이 낳은 아들 비형랑 | 육십칠

신문왕이 받은 신기한 피리 만파식적 | 칠십이
김경신의 왕이 되는 꿈 | 칠십칠
경문대왕의 당나귀 귀 | 팔십사
헌강왕을 보좌한 용의 아들 처용 | 팔십구
진성여왕과 활 잘 쏘는 거타지 | 구십삼
무왕과 선화공주의 사랑 | 구십팔

수행이 높은 고승 이야기
구참공을 깨우쳐 준 혜숙스님 | 백오
삼태기를 지고 다닌 혜공스님 | 백구
얽매임이 없었던 원효스님 | 백십사
구름을 타고 다닌 낭지스님 | 백십팔
부처님의 간자를 받은 심지스님 | 백이십이
중국에서 유학하고 온 원광스님 | 백이십오
용을 쫓아낸 혜통스님 | 백삼십이
귀신을 쫓은 밀본스님 | 백삼십팔
해의 변괴를 없애 준 월명스님 | 백사십이
향가를 잘 지은 충담스님 | 백사십육
하늘 세상과 인간 세상을 자유롭게 오르내린 표훈스님 | 백사십구
지팡이를 맘대로 부린 양지스님 | 백오십이
죽었다가 다시 살아난 선율스님 | 백오십사
얼어 죽게 된 여자를 구해 준 정수스님 | 백오십칠
말이 없던 뱀 아이 사복 | 백오십팔

부처님이 나타나 도와준 이야기

세 번 나타난 중생사의 관음 | 백육십삼

신라의 보물을 구해 준 백률사의 관음 | 백칠십

어머니의 기도를 들어준 민장사의 관음 | 백칠십오

화랑으로 태어난 미륵과 진자스님 | 백칠십육

노힐부득과 달달박박 | 백팔십일

광덕과 엄장 | 백팔십팔

두 성인을 만난 경흥스님 | 백구십일

문수보살을 만난 연회스님 | 백구십사

효소왕을 깨우친 석가모니 | 백구십육

낙산의 두 성인 관음과 정취 | 백구십팔

조신의 꿈 | 이백사

오대산 월정사의 다섯 성인 | 이백구

신이한 행적을 보인 여성 이야기

비단을 짠 해와 달의 빛을 되돌린 세오녀 | 이백십오

빼어난 미모의 수로부인 | 이백십칠

호국의 여신 선도산 성모 | 이백이십일

부처가 된 계집종 욱면 | 이백이십삼

김현을 사랑한 호랑이 처녀 | 이백이십오

신도징이 사랑한 호랑이 아내 | 이백삼십

효성이 지극한 자식 이야기
진정스님의 효와 출가 | 이백삼십칠
두 부모를 섬긴 김대성 | 이백사십
아이를 묻은 손순 | 이백사십사
남의 집에 품을 팔아 어머니를 봉양한 가난한 딸 | 이백사십칠

작품 해설 | 옛사람과 만나는 즐거운 이야기 여행 | 이백사십구

나라를 세운 **영웅** 이야기

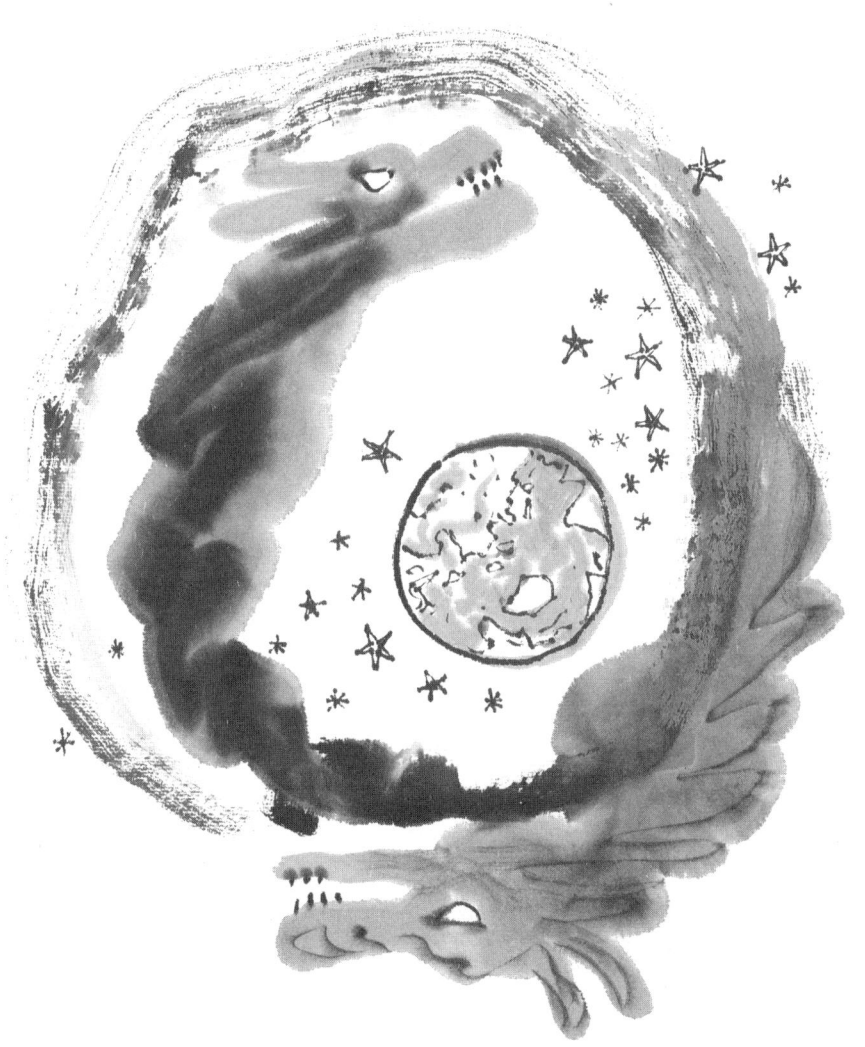

조선을 세운 단군

옛날 하느님(환인桓因)의 아들 중에 환웅桓雄이란 분이 있었다. 그는 하늘나라에 살면서 자주 인간 세상에 내려가고 싶어했다. 아버지 환인이 아들의 이런 뜻을 알고 인간 세상을 내려다보니 삼위태백산 三位太伯山이 인간들을 이롭게 해줄 만한 곳 같았다. 환인은 신의 권위와 위력을 나타내는 징표인 천부인* 세 개를 환웅에게 주면서 인간 세상에 내려가 그곳을 다스려 보라고 하였다.

환웅은 3,000명의 무리를 거느리고 태백산 마루턱의 신단수*

---

* 천부인(天符印) | 천자의 성스러운 신분과 권위를 상징하는 물건으로 대개 거울, 검, 방울로 추정함.
* 신단수(神檀樹) | 신단수는 넓은 의미로는 고대 제정일치(祭政一致) 사회에서의 제사(祭祀) 장소였던 성역(聖域)의 의미를 갖는다. 원시 자연종교에서는 예배의 장소로서, 자연석의 무더기나 흙으로 단을 쌓아 신단으로 삼았는데, 이 신단에는 반드시 신을 표상(表象)하는 신수(神樹)나 신역(神域)을 한계 짓는 신림(神林)이 있었다. 그 기원은 원시사회의 수목 숭배에서 비롯된 것으로, 원시인들은 수목의 왕성한 생장력에 경이감을 갖고 처음에는 수목 자체를 신(神)으로 생각하였다가, 나중에는 그 사상이 변천하여 다른 여러 신의 강하계단(降下階段)이라고, 또 수목이 무성한 삼림(森林)을 신의 처소라고 생각하게 되었다.

아래에 내려와 이곳을 신시神市라고 이름 지었다. 그러고는 바람, 비, 구름을 관장하는 부하들을 거느리고 곡식, 목숨, 질병, 형벌, 선악 등 360여 가지 인간의 일을 주관하면서 인간 세상을 다스리고 교화하였다.

그러던 어느 날이었다. 같은 굴에서 살던 호랑이 한 마리와 곰 한 마리가 환웅에게 오더니 자신을 사람으로 변하게 해 달라고 애원하였다. 환웅은 신령한 쑥 한 줌과 마늘 스무 개를 주면서 곰과 호랑이에게 말했다.

"너희가 이것을 먹고 백 일 동안 햇빛을 보지 않으면 사람이 될 것이다."

곰은 환웅이 시키는 대로 마늘과 쑥만 먹으며 삼칠 일(21일) 동안 조심하여 여자의 몸으로 변할 수 있었다. 그러나 호랑이는 그렇지 못하여 사람이 되지 못하였다.

곰에서 여자가 된 웅녀는 날마다 신단수 아래에서 아기 배기를 빌었다. 환웅은 이것을 보고 잠시 사람으로 변하여 웅녀와 혼인하였다. 웅녀는 곧 임신하여 아들을 낳았다. 이 아이가 바로 단군 왕검檀君王儉이다.

단군 왕검은 평양성에 도읍을 정하고,

나라 이름을 '조선'이라 하였다. 그 후 도읍을 백악산 아사달로 옮겨 그곳에서 1,500년 동안 나라를 다스렸다. 단군은 주나라 무왕이 기자를 조선에 보냈을 때 도읍을 장당경으로 잠시 옮겼다가 다시 돌아와서 아사달에 숨어 산신이 되었다. 이때 단군의 나이가 1,908세였다고 한다.

고구려를 세운 주몽

해부루왕이 죽고 금와가 왕위에 올랐을 때의 일이다.

어느 날 금와가 태백산 남쪽 우발수優渤水가를 지나는데 한 여자가 금와에게 다가오더니 말했다.

"저는 물의 신 하백河伯의 딸 유화柳化입니다. 동생들과 물 밖으로 나와서 노는데, 하느님天帝의 아들 해모수解慕漱라는 남자가 오더니 저를 웅신산熊神山 밑 압록강가의 집으로 데려갔습니다. 그는 그곳에서 저와 정을 통한 후, 가더니 돌아오지 않았습니다. 부모는 제가 중매도 없이 남자와 정을 통했다고 나무라며 이곳으로 귀양 보냈습니다."

유화의 말을 들은 금와는 그녀를 자기 집으로 데려와 방에 가두었다. 그랬더니 신기하게도 햇빛이 방 안을 비추는데, 아무리 몸을 피해도 햇빛은 계속 쫓아다니며 비추었다. 그런 일이 있은 뒤, 유화는 곧 임신하여 알 하나를 낳았다. 알은 크기가 닷 되쯤 되었다.

금와는 사람이 알을 낳음은 좋은 징조가 아니라며 알을 개와 돼지에게 주었다. 하지만 모두 먹지 않았다. 길에 내다 버렸지만 짐승들은 오히려 알을 피해 다녔다. 다시 들에 버렸더니 새와 짐승들이 알을 덮어 보호해 주었다. 금와는 하는 수 없이 알을 유화에게 돌려주었다. 유화는 알을 천으로 싸서 따뜻한 곳에 두었다.

며칠 뒤 한 아이가 껍질을 깨고 알에서 나왔는데, 골격과 모습이 보통 아이와는 달랐다. 일곱 살이 되었을 때는 모든 면에서 또래 아이보다 뛰어났다. 특히 활쏘기에 재능이 있어, 직접 활과 화살을 만들어 쏘았는데 백 번 쏘면 백 번 다 맞혔다. 나라 풍속에 활 잘 쏘는 사람을 주몽朱蒙이라 하므로, 사람들은 아이를 주몽이라고 불렀다.

 금와왕은 아들 일곱 명을 두었는데 그들은 재주가 주몽만 못하였다. 하루는 늘 주몽을 시기하던 맏아들 대소帶素가 왕에게 오더니 이렇게 말했다.

 "아버지, 주몽은 사람의 자식이 아닙니다. 만일 일찍 저 자식을 없애지 않는다면 반드시 뒤에 안 좋은 일이 생길 것입니다."

 하지만 왕은 대소의 말을 듣지 않고, 주몽에게 말을 기르게 하였다. 주몽은 좋은 말은 적게 먹여 야위게 기르고, 둔한 말은 잘 먹여 살찌게 하였다. 왕은 살찐 말은 자기가 타고 야윈 말은 주몽에게 주었다.

 왕의 여러 아들과 신하는 은밀히 주몽을 죽일 계획을 세웠다. 이러한 기미를 눈치 챈 주몽의 어머니가 급히 주몽에게 가서 말했다.

 "지금 나라 사람들이 너를 해치려고 하는구나. 너는 재주가 뛰어나고 지략도 있으니 어디를 간들 못살겠느냐. 빨리 이곳을 떠나거라."

 주몽은 어머니의 말씀에 따라 친구 세 명과 서둘러 동부여를 떠났다.

 주몽의 일행이 쫓아오는 대소의 무리를 피해 도망가는데 갑자기 커다란 강물이 나타나 앞길을 가로막았다. 다급해진 이들이 강을 건널 방법을 몰라 애태우는데, 갑자기 주몽이 앞으로 썩 나서더니 강물을 향해 외쳤다.

 "나는 하느님의 아들이요, 하백의 손자다. 지금 나를 죽이려는 무리를 피

해 도망가는데 뒤쫓는 자들이 거의 따라왔다. 어찌 하면 좋겠느냐?"

주몽이 이렇게 외치자 난데없이 물속에서 물고기와 자라들이 떠오르더니 다리를 만들었다. 덕분에 주몽 일행은 무사히 강을 건널 수 있었다. 다리는 이들이 건너자마자 풀려 버려 뒤쫓아 온 대소의 무리는 아무도 강을 건너지 못하였다.

주몽은 적들의 추격을 따돌린 뒤 졸본주卒本州에다 도읍을 정하였다. 그러나 미처 궁궐을 지을 겨를이 없어 비류수가에 집을 짓고 살면서 나라 이름을

'고구려'라 하고, 성을 고高로 삼았다. 이때 주몽의 나이 열두 살이었다.

이와는 조금 다른 이야기가 『주림전珠林傳』에 전한다.
옛날 영품리왕을 모시던 계집종이 아이를 가졌는데 점쟁이가 점을 쳐보더니 말했다.
"이 아이는 귀한 인물로 반드시 왕이 될 것입니다."
왕은 이 말을 듣더니 불같이 화를 내었다.
"이 아이는 내 아들이 아니다. 죽여 마땅하다."
아이를 죽이라는 말에 놀란 계집종이 왕에게 울며 간청했다.
"이 아이는 하늘에서 내려온 이상한 기운으로 잉태한 것입니다. 제발 아이만은 살려 주십시오."
계집종은 열 달 뒤 아들을 낳았다. 왕은 상서롭지 못한 아이라며 아이를 돼지우리에 내다 버렸다. 그러자 돼지가 입김을 불어 주고 핥아 주었다. 다시 마구간에 버리니 말이 젖을 먹였다. 이렇게 하여 아이는 죽지 않고 자라나 부여왕이 되었다.

신라를 세운 혁거세

기원전 69년 3월 초하루, 여섯 부족의 우두머리가 저마다 자제들을 거느리고 알천閼川 언덕에 모여 의논했다.

"임금이 없으니 백성이 모두 방자하고 제멋대로이오. 서둘러 덕 있는 사람을 찾아 임금으로 모시고, 나라를 세우고 도읍을 정해야겠소."

의논을 마치고, 높은 곳에 올라 남쪽을 바라보니 양산楊山 아래 나정蘿井이라는 우물가에 번개 빛 같은 이상한 기운이 땅에 닿아 있었다. 그 옆에는 흰 말 한 마리가 땅에 꿇어앉아 절하는 듯한 이상한 형상이 있었다.

사람들이 모두 놀라 그곳으로 달려가 보니 커다랗게 생긴 자줏빛 알 한 개가 놓여 있었다. 말은 사람을 보더니 길게 울며 하늘로 올라갔다.

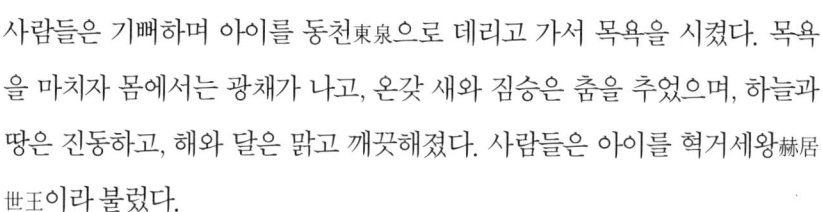

조금 있으니 알에서 사내아이가 나왔는데, 모습이 단정하고 매우 아름다웠다. 사람들은 기뻐하며 아이를 동천東泉으로 데리고 가서 목욕을 시켰다. 목욕을 마치자 몸에서는 광채가 나고, 온갖 새와 짐승은 춤을 추었으며, 하늘과 땅은 진동하고, 해와 달은 맑고 깨끗해졌다. 사람들은 아이를 혁거세왕赫居世王이라 불렀다.

당시 사람들이 모두 축하하며 말했다.

"천자가 내려왔으니 이제 덕 있는 여자를 찾아 배필로 삼읍시다."

마침 이날, 사량리의 알영정閼英井가에 계룡鷄龍 한 마리가 나타나더니 왼쪽 갈비에서 여자아이를 낳았다. 아이는 얼굴과 모습은 무척 아름다운데 입술은 마치 닭 부리 같았다. 사람들이 놀라 아이를 월성 북쪽에 있는 냇물에 데려가 목욕을 시켰더니 닭 부리 같던 입술이 바로 떨어졌다. 이런 일이 있은 뒤 사람들은 그 냇물을 발천撥川이라 불렀다.

사람들은 남산 서쪽 기슭에 궁궐을 세우고, 성스러운 두 아이를 모셔다가 길렀다. 사내아이는 알에서 태어났고, 알 모양이 마치 바가지 같아서 나라 사람들이 성을 '박朴'이라고 하였다. 여자아이는 알영정이라는 우물에서 나왔으므로 우물 이름을 따서 '알영閼英'이라고 하였다.

두 성인聖人은 열세 살이 되는 해에 혼인하여 왕과 왕후가 되었다. 그리고 나라 이름을 '서라벌'이라 하였다.

혁거세왕은 나라를 다스린 지 61년째 되던 해 어느 날 죽어 하늘로 올라갔다. 왕의 몸뚱이는 왕이 죽은 7일 뒤 땅에 흩어져 떨어졌다. 알영 왕후도 왕을 따라 바로 세상을 떠났다.

나라 사람들은 왕과 왕후의 시체를 합해서 장사 지내려 하였다. 그런데 난데없이 큰 뱀이 나타나 쫓아다니면서 일을 방해하였다. 사람들은 하는 수 없이 시체를 다섯으로 나누어 각각 장사 지내고, 다섯 개의 능(오릉五陵)을 만들어 사릉蛇陵이라 하였다. 담엄사의 북쪽 능이 이것이다.

혁거세왕이 죽은 후에는 태자 남해왕이 왕위를 이었다.

백제를 세운 온조

다음 이야기는 『삼국사』 「본기」에 전한다.

백제의 시조는 온조溫祚이고, 그의 아버지는 추모왕雛牟王 혹은 주몽이다. 주몽이 북부여에서 살다가 난리를 피하여 졸본부여에 이르렀을 때다. 마침 그곳 왕에게는 딸만 셋 있었는데 왕은 주몽의 비범함을 보고 둘째 딸을 선뜻 그에게 주었다.

그런 일이 있은 지 얼마 되지 않아 부여의 왕이 죽으니 주몽이 왕위를 이어받았다. 주몽은 아들 둘을 낳았는데 맏이는 비류沸流이고 둘째는 온조溫祚이다. 그들은 후에 자신이 태자에게 해를 입지 않을까 염려하여 오간烏干· 마려馬黎 등 십여 명의 신하와 함께 남쪽으로 갔다. 이때 이들을 따르는 백성이 꽤 많았다.

드디어 한산漢山에 도착한 이들은 부아악負兒岳에 올라가서 살 만한 곳을 찾아보았다. 비류가 바닷가에서 살 뜻을 비치니 신하들이 말했다.

"하남 땅은, 북쪽은 한수漢水가 흐르고, 동쪽은 높은 산을 의지하며, 남쪽은 기름진 평야를 바라보고, 서쪽은 큰 바다에 막혀 있으니 이러한 지리는 좀처럼 얻기 어렵습니다. 그러니 여기에 도읍을 정하는 것이 좋겠습니다."

그러나 비류는 신하들의 말을 듣지 않고 미추홀彌雛忽이란 곳에 도읍을 정하였다.

한편 온조는 하남 위례성河南慰禮城에 도읍을 정하고, 나라 이름을 십제十濟라 하였다.

미추홀에 도읍한 비류는 얼마 지나지 않아 미추홀이 습기가 많고 물이 짜서 백성이 편안히 살 수 없는 곳임을 깨닫고, 온조가 도읍한 하남 위례성에 가 보았다. 위례성의 도읍은 안정되고 백성은 편안히 살고 있었다. 비류는 마침내 자신의 판단이 옳지 않았음을 깨달았다. 비류는 자신의 그릇된 판단이 너무도 부끄럽고 후회스러워 그만 스스로 목숨을 끊고 말았다.
　비류가 죽자 그의 신하와 백성은 모두 위례성으로 돌아왔다. 백성이 올 때 기뻐했다고 해서 나라 이름을 백제百濟라고 고쳤다.
　백제의 세계*는 고구려와 마찬가지로 부여에서 나왔으므로 성을 해解라고 하였다. 후에 성왕이 도읍을 사비泗沘로 옮겼는데 이것이 지금의 부여군이다.

---

* 세계(世系) | 대대로 계승하는 혈통. 대대의 계통.

가야를 세운 수로

　천지가 처음 열린 뒤 이 땅에는 아직 나라 이름도, 임금과 신하의 칭호도 없었다. 아도간我刀干·여도간汝刀干·피도간彼刀干·오도간五刀干·유수간留水干·유천간留天干·신천간神天干·오천간五天干·신귀간神鬼干 아홉 추장만이 백성을 다스렸다. 이때 집들은 약 100호에, 사람은 약 7만 5,000명이 살았는데, 이들은 산과 들에 모여 살며 우물을 파서 물을 마시고 밭을 갈아 곡식을 먹었다.

　그러던 어느 해 3월 계욕일*에 그들이 살고 있는 북쪽 구지에서 무엇을 부르는 이상한 소리가 났다. 마침 백성 2, 3백 명이 그곳에 있었는데 모습은 보이지 않고 사람 목소리 같은 것이 들렸다.

　"여기에 사람이 있느냐?"

　아홉 추장이 대답했다.

　"우리가 있습니다."

　또 소리가 들렸다.

　"내가 있는 곳이 어디냐?"

　"구지입니다."

　그러자 다음과 같은 소리가 이어졌다.

---

* 계욕일(禊浴日) | 몸과 마음에 낀 때를 씻으려고 목욕을 하는 행사. 처음에는 3월 첫 뱀날(上巳日)로 정하였는데, 후에 3월 3일로 고정되었다.

"하늘이 나에게 나라를 새로 세우고 임금이 되라고 명하였기에 내가 이곳에 온 것이다. 그러니 너희는 산꼭대기의 흙을 파면서 '거북아 거북아, 머리를 내어라. 만약 내놓지 않으면 구워먹겠다.' 고 노래하며 춤을 추어라. 그러면 곧 대왕을 맞이하여 기뻐 뛰놀게 될 것이다."

아홉 추장은 그 말대로 노래 부르고 춤을 추었다.

잠시 후 하늘에서 자줏빛 줄 하나가 땅에 내려와 닿았다. 줄의 끝에는 붉은 보자기로 싼 금 상자 하나가 놓여 있었다. 상자를 열어 보니 해처럼 둥근 황금 알 여섯 개가 들어 있었다. 사람들은 너무 놀라고 기뻐, 백 번 절하였다. 아홉 추장은 얼마 후 이것을 잘 싸서 안고 아도간의 집으로 가 의자 위에 모셔 두고는 각기 흩어졌다.

12일이 지나고 그 다음 날 아침에 아홉 추장이 다시 아도간의 집에 모여서 상자를 열어 보니 알 여섯 개가 모두 어린아이로 변해 있었다. 추장들은 여섯 아이를 평상에 앉히고 절을 한 뒤, 예를 다하여 이들을 극진히 공경하였다.

아이들은 하루하루 몰라보게 자라서 약 열흘이 지나니 키는 9척이나 되어 은나라 탕임금* 같았고 얼굴은 용 같은 것이 한나라 고조*와 같았다. 눈썹

---

* 탕임금 | 하나라를 멸망시키고 은(殷)나라를 세운 인물. 온후하고 관대한 왕으로 칭송받았다.
* 한나라 고조 | 진나라 말기 항우와 싸워 한나라를 세운 인물. 한미한 집안에서 태어났으나 성격이 대담하고 치밀하여 항우와의 결전에서 승리하고 한나라를 세웠다.

은 팔자八字로 빛나는 것이 마치 요임금*과 같았으며, 눈동자가 겹으로 된 것은 순임금*과 같았다.

그 달 보름에 왕위에 오르니 세상에 처음 나타났다고 해서 이름을 수로首露라 하고, 나라 이름은 대가락大駕洛이라고 하였다. 나머지 다섯 사람도 각각 다섯 가야의 임금이 되었다.

* 요임금 | 기원전 24세기경 활동한 중국 신화에 나오는 전설적인 제왕. 요가 다스린 70년간 해와 달은 보석처럼 찬란하고 다섯 개의 별들은 줄에 꿰인 진주처럼 영롱했으며 봉황이 궁전 앞마당에 둥지를 틀었다고 할 만큼 훌륭한 제왕으로 칭송받는 인물이다.
* 순임금 | 중국 신화에 나오는 전설상의 제왕. 요임금과 함께 전설적인 성왕으로 이야기 된다.

왕을 도와 공을 세운 신하 이야기

충신 김제상*

제17대 나밀왕이 임금의 자리에 오른 경인庚寅년, 왜왕이 신라에 사신을 보내어 말했다.

"우리 임금이 대왕이 신성하다는 말을 듣고 신을 보내 백제의 죄를 대왕께 아뢰라고 하였습니다. 대왕께서 왕자 한 명을 왜국으로 보내 임금에게 신의를 표하시길 원합니다."

나밀왕은 사신의 부탁을 거절하지 못하여 셋째 아들 미해美海를 왜국에 보냈다. 이때 미해의 나이 겨우 열 살이었다. 말이나 행동이 아직 익숙하지 않으므로 내신 박사람朴娑覽을 딸려 보냈다. 그런데 어찌된 일인지 왜왕은 이들을 30년이나 강제로 붙잡아 두고는 돌려보내지 않았다.

눌지왕이 즉위한 지 3년이 되는 해, 고구려 장수왕長壽王의 사신이 신라에 와서 말했다.

"우리 임금께서 대왕의 아우 보해寶海가 지혜와 재주가 뛰어나다는 말을 듣고 친하게 지내기를 원하십니다."

왕은 고구려와 친해져야겠다 싶어 아우 보해와 신하 김무알金武謁을 고구려로 보냈다. 그러나 장수왕도 이들을 잡아 두고 돌려보내지 않았다.

눌지왕 10년 을축乙丑에 왕은 여러 신하와 용맹 있는 사람들을 모두 모아 잔치를 베풀었다. 술잔이 세 번쯤 돌고 음악이 울려 퍼지자 왕은 눈물을 흘

* 같은 인물이 『삼국사기』에는 박제상으로 나온다.

리면서 신하들에게 말했다.

"옛날 아버님은 백성의 일을 최우선으로 생각하셔서 사랑하는 아들을 동쪽 멀리 왜국까지 보냈다가 끝내 다시 만나지 못하고 돌아가셨소. 나도 왕위에 오른 뒤 이웃 나라의 군사들이 자주 침입하여 지쳐 있던 차 때마침 고구려가 친하게 지내자고 하니, 섣불리 그들의 말만을 믿고 아우를 고구려에 보냈소. 그런데 고구려도 내 아우를 강제로 붙잡아 두고 돌려보내지 않고 있소. 이러니 내 어찌 하루라도 이 일을 잊고 울지 않는 날이 있겠소? 만일 두 아우를 만나 함께 아버님 사당에 갈 수 있다면 온 나라 사람에게 은혜를 갚을 것이오. 누가 이 일을 이룰 수 있겠소?"

이 말을 들은 여러 신하가 입을 모아 아뢰었다.

"쉬운 일이 아닙니다. 반드시 지혜롭고 용맹한 사람이어야 합니다. 삽라군揷羅郡 태수 제상堤上이 적임자인 듯합니다."

왕은 곧 제상을 불러 그의 생각을 물었다. 제상은 두 번 절한 뒤 대답했다.

"신은, '임금에게 근심이 있으면 신하가 욕을 당하고, 임금이 욕을 당하면 신하는 죽는다.'고 들었습니다. 만일 일이 어렵고 쉬운 것을 가려서 행동한다면 충성스럽지 못한 것입니다. 또 죽고 사는 것을 생각한 뒤 움직인다면 용맹이 없는 것입니다. 신이 비록 재주는 없으나 왕의 명령을 받아 행하겠습니다."

왕은 그의 충심에 감동하여 술잔을 나누어 마신 뒤, 손을 잡고 작별하였다.

제상은 왕의 명령을 받고 바로 북해北海로 향하였다. 그는 변장을 하고 고구려에 들어가 먼저 보해를 만나 도망할 날짜를 정한 뒤 고성高城 포구에 먼저 가 배를 대고 기다렸다.

　보해는 약속한 날짜 며칠 전부터 병을 핑계로 조회朝會에 나가지 않다가, 드디어 약속한 날 밤중에 도망하여 고성 포구에 이르렀다. 고구려왕은 보해가 도망간 것을 알고 수십 명의 군사를 풀어 쫓게 하였다. 그러나 보해가 고구려에서 늘 곁에 있는 사람들에게 은혜를 베푼 탓에 쫓던 군사들은 화살촉을 뽑고 쏘는 시늉만 하였다. 보해는 덕분에 몸을 다치지 않고 무사히 신라로 돌아올 수 있었다.

　눌지왕은 보해를 만나자 미해 생각이 더욱 간절해졌다. 보해를 만나 기쁜 만큼 미해를 그리는 마음도 한층 커졌다. 왕이 신하들에게 말했다.

　"마치 몸뚱이에 팔뚝이 하나만 있고, 얼굴에 눈이 한 짝만 있는 듯하구나. 비록 하나는 얻었으나 하나는 아직도 얻지 못하였으니 어찌 마음이 아프지 않겠느냐?"

　제상은 왕의 말을 듣자마자 말을 탄 채 임금께 두 번 절하여 작별을 고하고, 집에도 들르지 않고 바로 율포栗浦 갯가*로 향하였다. 제상이 또 떠난다는 말을 들은 제상의 아내가 말을 달려 율포까지 쫓아갔지만 남편은 이미

* 갯가 | 바닷물이 드나드는 곳의 물가.

배에 오른 뒤였다. 아내는 간곡하게 남편을 불렀지만 제상은 손을 흔들어 보일 뿐 배를 멈추지 않았다.

　제상은 왜국에 도착한 후 자신의 정체가 드러날까 두려워 거짓으로 말했다.

　"신라왕이 아무 죄도 없는 우리 부형父兄을 죽여서 이곳으로 도망 온 것입니다."

　왜왕은 제상의 말을 그대로 믿고, 제상에게 집을 마련해 주었다.

　제상은 왜왕의 의심에서 벗어나기 위해 미해를 모시고 바닷가에 나가 놀 때면 언제나 물고기와 새를 잡아와 왜왕에게 바쳤다. 왜왕은 이런 그를 더욱 아끼고 좋아하였다.

　안개가 자욱한 어느 날 새벽, 제상이 미해에게 말했다.

　"때가 된 것 같습니다. 지금 빨리 떠나십시오."

　미해는 주저하며 제상에게 같이 떠나자고 하였다.

　그러나 제상은 단호했다.

　"신이 만일 같이 떠난다면 왜인들이 금세 알고 뒤쫓을 것입니다. 신은 여기에 남아 왜인들을 막겠습니다."

　미해가 울먹이며 다시 말했다.

　"그대를 부형처럼 여겼는데 어찌 혼자만 돌아간단 말이오? 그럴 수는 없소."

"신은 공의 목숨을 구해 대왕의 마음을 위로해 드리는 것으로 만족할 뿐입니다. 어찌 살기를 바라겠습니까?"

제상은 마지막으로 술을 부어 미해에게 드리며 작별 인사를 하였다. 그러고는 마침 왜국에 와 있던 신라 사람 강구려康仇麗를 미해에게 딸려 보냈다.

미해를 떠나보낸 제상은 미해의 방에 들어가 이튿날 아침까지 있었다. 다음 날 미해를 모시는 사람들이 방에 들어가려 하자 제상이 말리며 말했다.

"미해공이 어제 한 사냥 때문에 몹시 피로하신가 봅니다. 아직 일어나지 않았습니다."

그러나 저녁때가 되어도 아무런 기척이 없자 사람들이 이상히 여겨 다시 물었다. 그제서야 제상은 미해공이 떠난 지 오래되었다고 말했다.

기막힌 사실을 알게 된 사람들은 급히 왜왕에게 이 사실을 알렸다. 왕은 곧바로 기마병에게 미해의 뒤를 쫓게 하였으나 떠난 지 오래인 미해를 따라갈 수 없었다.

왕은 머리끝까지 화가 나서 곧바로 제상을 옥에 가두고 물었다.

"너는 어찌하여 네 나라 왕자를 몰래 돌려보냈느냐?"

"나는 신라의 신하이지 왜국의 신하가 아니오. 우리 임금의 오랜 소원을 들어드리기 위해 계획한 일을 어찌 내가 당신에게 말하겠소?"

왜왕은 치미는 화를 간신히 억누르며 다시 말했다.

"너는 이미 내 신하가 되었는데도 어찌 신라의 신하라고 말하느냐? 만일

네가 신라의 신하임을 고집한다면 내 반드시 다섯 가지 형벌로 너를 벌할 것이요, 만일 네가 왜국의 신하라고만 말한다면 후한 녹(祿)을 상으로 줄 것이다. 자, 말해 보거라. 너는 어느 나라 신하냐?"

제상은 눈 하나 깜짝하지 않고 대답했다.

"차라리 신라의 개나 돼지가 될지언정 왜국의 신하는 되지 않겠소. 차라리 신라의 형벌을 받을지언정 왜국의 벼슬과 녹은 절대 받지 않을 것이오."

왜왕은 화가 폭발하여 제상의 발 가죽을 벗기고, 갈대를 벤 위를 걷게 하며 다시 물었다.

"다시 말해 보거라. 너는 어느 나라 신하냐?"

"신라의 신하다."

이번에는 쇠를 달구어 그 위에 올라서게 한 뒤 또 물었다.

"어느 나라 신하냐?"

"신라의 신하다."

제상의 답변은 한결같았다. 왜왕은 제상이 끝까지 신라의 신하임을 고집하자 그를 목도木島라는 섬에 데리고 가 불에 태워 죽였다.

한편 미해는 무사히 바다를 건너 신라로 돌아온 뒤 먼저 강구려를 시켜 온 나라 안에 이 사실을 알렸다. 소식을 들은 눌지왕은 뛸 듯이 기뻐하며 여러 신하에게 굴헐역屈歇驛에 나아가 미해를 맞아오게 하였다. 왕도 아우 보해와 남쪽 교외에 나가서 직접 미해를 맞아 대궐로 들어왔다. 왕은 매우 기쁜 나머지 온 나라에 잔치를 베풀고, 특명을 내려 죄수를 모두 풀어 주었다. 또 제상의 아내는 국대부인國大夫人에 봉하고 딸은 미해공의 부인을 삼았다.

제상이 신라를 떠날 때 제상의 아내가 남편을 뒤쫓아 갔으나 남편은 이미 배를 타고 떠난 뒤였다. 남편의 얼굴도 한 번 못 보고 다시 헤어진 제상의 아내는 망덕사望德寺 문 남쪽에 있는 모래사장에 주저앉아 오래도록 울부짖었다. 이 일로 인해 그 모래사장을 장사長沙라고 불렀다. 친척 두 사람이 제상의 아내를 부축하여 돌아오려 했지만, 그녀는 다리를 뻗은 채 꼼짝도 하지 않았다. 그래서 그곳을 벌지지*라고 하였다.

  이런 일이 있고 한참 뒤에 그녀는 남편을 사모하는 마음을 견디지 못하여 세 딸을 데리고 치술령鵄述嶺에 올라가 왜국을 바라보며 통곡하다가 죽고 말았다. 그녀가 죽은 뒤 사람들이 치술신모鵄述神母라고 부르며 섬겼는데, 지금도 그녀를 제사 지내는 사당이 있다.

---

* 벌지지(伐知旨) | '뻗치다'의 음을 한자로 적어 '벌지지'가 된 것. 지금은 '양지버들'이라 부른다.

고매한 인격의 화랑 죽지랑

제32대 효소왕 때 죽지랑이라는 화랑의 우두머리가 있었다. 죽지랑이 거느리는 무리 중에는 득오得烏라는 이가 있었는데 매일 그에게 와서 화랑의 기풍을 갈고 닦았다. 그런데 어찌된 일인지 매일 오던 득오가 열흘이 넘도록 오지 않았다. 죽지랑은 득오의 안부가 걱정되어 득오의 어머니를 찾아가 행방을 물었다. 어머니가 말했다.

"모량부의 익선아간益宣阿干이 내 아들을 부산성富山城 창고지기로 보냈습니다. 빨리 가느라고 미처 당신께 인사도 못했습니다."

"그대의 아들이 사사로운 일로 갔다면 찾아볼 필요가 없지만 공적인 일로 갔으니 마땅히 음식이라도 장만해 가서 위로해야겠소."

죽지랑은 떡 한 그릇과 술 한 병을 싼 후 노비와 화랑 137명을 데리고 그를 찾아갔다.

죽지랑은 익선의 밭에서 일하는 득오를 만날 수 있었다. 우선 가져간 술과 떡을 잘 먹인 뒤 익선에게 득오의 휴가를 부탁하였다. 그러나 익선은 절대로 안 된다며 허락하지 않았다.

때마침 간진侃珍이라는 관리가 추화군의 조세로 벼 30석을 거두어 싣고, 성으로 가는 길에 우연히 이 광경을 보았다. 간진은 부하를 아끼는 죽지랑의 마음을 아름답게 여기는 한편, 융통성 없는 익선의 행동을 속으로 원망하며 가지고 가던 벼 30석을 익선에게 주면서 득오의 휴가를 함께 부탁하였다. 그러나 익선은 고집을 부리며 끝내 허락하지 않았다. 간진이 하는 수 없이 진절珍節 사지*의 말안장을 보태 주며 간청하자 익선은 그제야 마지못해 휴가를 허락하였다.

익선의 행태를 들은 조정의 화주*는 화가 나 곧 신하를 보내서 익선을 잡아다가 벌을 주려 하였다. 그러나 익선은 이미 도망하여 숨은 뒤였다. 하는 수 없이 아들을 잡아다가 대신 벌을 주었다. 몹시 추운 한겨울이었는데 성안의 못에 끌고 가서 그를 목욕시켰다. 익선의 아들은 얼어 죽고 말았다.

효소왕이 모든 사실을 듣고서 화가 나 벼슬에 오른 모량리 사람은 모두 쫓아내 다시는 관청에 발붙이지 못하게 하고, 승복도 입을 수 없게 하였다. 승려가 된 자라도 종을 치고 북을 울리는 절에는 들어가지 못하게 하였다.

다음 이야기는 죽지랑의 탄생과 관련하여 전한다.

술종공述宗公이 삭주 도독사朔州都督使로 가는 길이었다. 마침 전쟁이 나 기병 3,000명을 거느리고 죽지령을 지나는데 거사 한 사람이 고갯길을 쓸고 있었다. 술종공은 거사의 선행에 큰 감동을 받았고, 거사는 공의 지위와 대단한 세력을 보고 놀랐다. 짧은 만남이었지만 이들 마음엔 서로가 인상 깊게 남았다.

술종공이 삭주에 부임한 지 한 달이 되었을 때 하루는 죽지령에서 만난 거사가 방으로 들어오는 꿈을 꾸었다. 아내에게 물으니 아내도 같은 꿈을 꾸었다고 했다. 술종공은 이상한 예감이 들어 이튿날 사람을 시켜 거사의 안부를 알아오라고 하였다. 심부름 갔던 사람이 돌아와 거사가 죽은 지 며칠 되었다고 하였다. 따져 보니 거사가 죽은 날과 공이 꿈을 꾼 날이 같았다.

"거사가 우리 집에 태어나려나 보다."

술종공은 다시 군사를 보내 고개 위 북쪽 봉우리에 그를 장사 지내고, 돌미륵 하나를 만들어 무덤 앞에 세우게 하였다.

과연 술종공의 아내는 그 꿈을 꾼 날부터 태기가 있더니 아이를 낳았다. 공은 아이의 이름을 거사를 만났던 고개 이름을 따서 죽지라고 지었다. 죽지랑은 커서 벼슬을 하며, 김유신과 함께 장수가 되어 삼한三韓을 통일하였다. 또 진덕·태종·문무·신문의 4대에 걸쳐 재상으로 일하며 나라를 안정시켰다.

* 사지(舍知) | 신라 17관등 중의 제13관등으로 소사(小舍)라고도 한다.
* 화주(花主) | 화랑을 주관하던 관직.

신무왕을 도와 궁파를 없앤 장군 염장

제45대 신무왕이 왕위에 오르기 전의 일이다. 하루는 궁파*와 마주 앉아 이런저런 이야길 나누다 다음과 같이 약속하였다.

"나에겐 같이 살 수 없는 원수가 있네. 자네가 그 원수를 없애만 준다면 내가 왕위에 오른 뒤 자네 딸을 왕비로 삼겠네."

궁파는 군사를 일으켜 그의 원수를 없애 주었다.

마침내 그는 왕위에 올랐고 약속대로 궁파의 딸을 왕비로 맞으려 하였다. 그런데 뜻하지 않게 여러 신하의 반대에 부딪혔다.

"궁파는 아주 미천한 사람입니다. 그의 딸을 왕비로 맞아서는 안 됩니다."

왕은 어쩔 수 없이 신하들의 말을 따랐다.

그때 궁파는 청해진淸海鎭을 지키면서 왕이 약속을 어긴 것에 반발하여 반란을 준비하고 있었다. 궁파의 계획을 알아챈 염장閻長 장군이 왕께 아뢰었다.

"궁파가 앞으로 반란을 일으키려 하니 제가 가서 그를 제거하겠습니다."

왕이 기뻐하며 허락하였다.

염장은 우선 청해진으로 가 길을 안내하는 사람을 통해 궁파에게 전했다.

"왕에게 원망이 있어서 그대에게 의탁하여 목숨을 보전하려 왔소."

궁파는 불같이 화를 내며 말했다.

"내 딸을 왕비로 맞지 못하게 했으면서 이제 와서 무엇 때문에 내게 왔다는 거냐?"

염장은 다시 사람을 보내어 말했다.

 "그것은 여러 신하가 그런 것이고, 나는 그 일에 관여한 적이 없소. 그대는 나를 의심하지 마시오."

 궁파는 염장의 이 말을 듣고서야 화를 가라앉히고 그를 청사로 불러들였다.

 "대체 그대는 무슨 일로 여기에 왔는가?"

 "실은 왕의 뜻을 어겼습니다. 해를 입을 것 같아 당신께 도망 온 것입니다."

 "다행한 일이네."

 궁파는 의심을 풀고 술자리를 마련하여 염장을 반갑게 맞았다. 술자리가 무르익었을 무렵 염장은 궁파가 잠시 방심한 틈을 타 궁파의 긴 칼을

---

*궁파(弓巴) | 장보고로 우리에게 더 잘 알려진 인물.

뽑았다. 그리고 단번에 칼을 내리쳐 궁파를 베었다. 궁파의 군사들은 놀라서 모두 땅에 엎드렸다.
 염장은 서울로 와서 왕에게 말했다.
 "궁파를 베었습니다."
 왕은 기뻐하며 그에게 상을 내리고 아간 벼슬을 주었다.

삼국 통일의 명장 김유신

김유신은 서현각간舒玄角干 김씨의 맏아들이고, 아우는 흠순欽純이다.

유신은 진평왕 17년 을묘乙卯에 태어났다. 북두칠성의 정기를 타고 나 등에 일곱별의 무늬가 있었다. 그에게는 신기하고 이상한 일이 많았는데 다음의 일화도 그 중에 하나다.

김유신은 열여덟 살에 검술을 익혀 국선*이 되었다. 이때 유신의 무리 중에 백석白石이란 사람이 있었는데 어디서 왔는지 알 수는 없었지만 여러 해 동안 화랑의 무리에 있었다.

하루는 유신이 고구려와 백제를 칠 궁리에 골몰하는데, 백석이 유신에게 다가오더니 넌지시 말했다.

"저와 공이 함께 적국에 들어가 적국의 정세를 미리 살펴본 뒤에 치는 것이 어떻겠습니까?"

유신은 좋은 생각인 듯하여 그날 밤 바로 백석을 데리고 적국으로 떠났다.

한참을 가다가 고개에서 잠시 쉬는데 어디선가 두 여인이 나타나더니 유신을 따라왔다. 다시 골화천骨火川에 이르러 막 자려는데 또 한 여자가 갑자기 유신에게 다가왔다.

세 여인은 맛있는 과자를 유신에게 주며 상냥하게 대하였다. 유신은 여인

* 국선(國仙) | 화랑을 말한다.

들이 누군지 몰랐지만 왠지 마음이 끌려 과자를 받아먹으면서 여인들과 즐겁게 이야기를 나누었다. 그때 여인들이 말했다.

"공께 은밀히 드릴 말씀이 있습니다. 백석을 잠시 따돌리고 우리와 저 숲으로 들어가시면 자세한 이야기를 해드리겠습니다."

유신은 그러기로 하고, 여인들을 좇아 숲으로 들어갔다. 어느 정도 들어가니 여인들이 곧 신의 모습으로 변하였다.

"우리는 나림奈林·혈례穴禮·골화骨火 세 곳의 호국신이오. 지금 적국 사람이 당신을 유인하는데 당신은 아무것도 모르고 따라가고 있소. 우리는 그대를 말리려고 여기까지 온 것이오."

신들은 말을 마치고는 곧 자취를 감추었다.

유신은 너무 놀라 기절했다가 겨우 일어나 정신을 차리고 숲에서 나왔다.

골화관骨火館 숙소로 돌아온 유신은 꾀를 내어 백석에게 말했다.

"내가 지금 다른 나라에 가면서 깜박 잊고 중요한 문서를 집에 두고 왔구나. 다시 돌아가 가지고 오도록 하자."

유신은 집으로 돌아오자마자 백석을 묶고, 신들의 말이 과연 사실인지를 물었다. 백석이 말했다.

"저는 본래 고구려 사람입니다. 우리나라 여러 신하가 '신라의 유신은 우리 고구려 점쟁이 추남楸南'이라고 했습니다. 이전에 이런 일이 있었지요.

국경 지방에 물이 거꾸로 흐르자 왕은 추남이라는 점쟁이에게 점을 치게 했지요. 그때 추남이 '대왕의 부인이 음양의 도를 거슬렀으므로 이러한 일이 나타난 것입니다.'라고 했소. 대왕은 놀라고 왕비는 몹시 화가 나 이것은 분명히 요망한 여우의 말이니 다른 일로 추남을 시험하자고 하였소. 만일 점괘가 틀리면 그를 중형에 처하기로 했지요. 왕은 쥐 한 마리를 함에 감추어 두고 무슨 물건인지를 맞추게 하였소. 그랬더니 추남은 '이것은 쥐인데 여덟 마리입니다.'고 했소. 왕은 틀렸다고 그를 죽였죠. 그 사람은 죽으면서 내가 죽은 뒤에는 대장이 되어 반드시 고구려를 멸망시킬 것이라는 저주를 했소. 그를 죽인 뒤에 쥐의 배를 갈라 보니 놀랍게도 새끼 일곱 마리가 있었소. 왕은 그제야 추남의 말이 맞은 것을 알았지요.

그날 밤 대왕의 꿈에 추남이 신라 서현공 부인의 품으로 들어가는 것이 보였소. 그래서 여러 신하에게 말했지요. 신하들은 모두 '추남이 맹세하고 죽더니 정말 신라에서 태어나려나 봅니다.' 했소. 이런 사연으로 왕이 나를 신라로 보내서 그대를 유인케 한 것이오."

김유신은 전후사정을 모두 들은 뒤 바로 백석을 죽이고, 음식을 잘 갖추어 세 신에게 제사를 지냈다.

왕과 왕 주변의 신기한 이야기

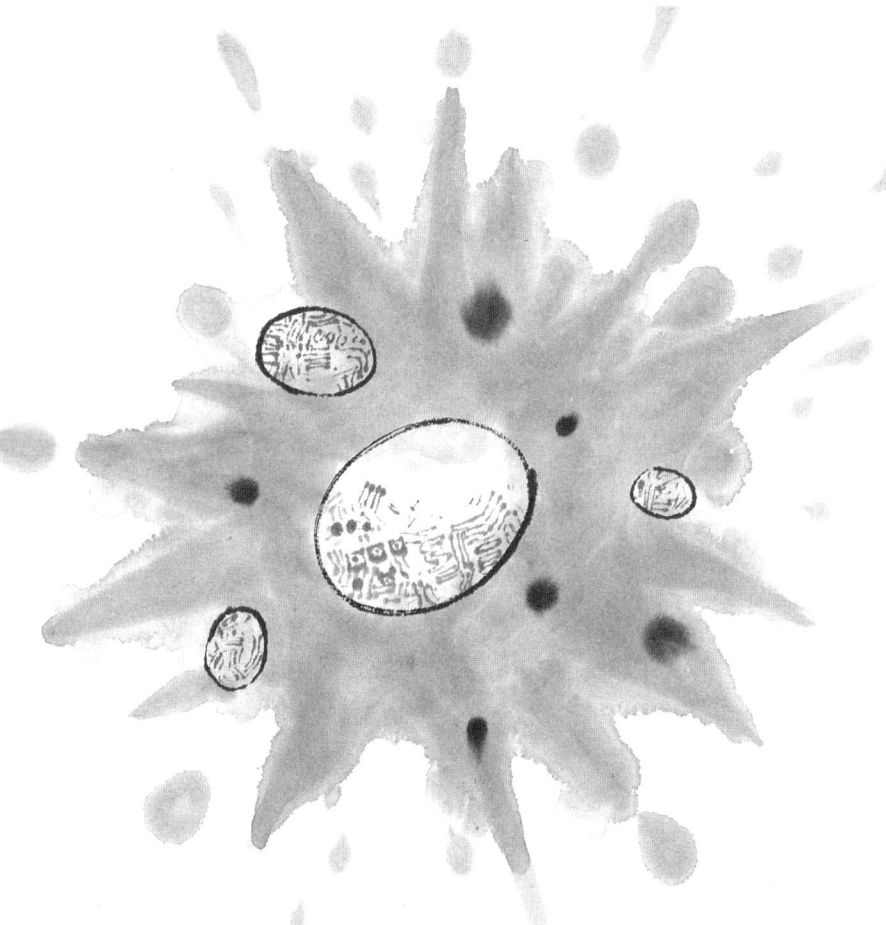

돌 밑에서 나온 금빛 개구리 모양의 금와왕

북부여왕 해부루解夫婁의 신하 아란불阿蘭弗이 어느 날 꿈을 꾸었는데, 꿈에 하느님이 내려와서 이렇게 말했다.

"내 자손에게 명령하여 이곳에 나라를 세우게 할 것이니 너는 다른 곳으

로 옮겨 가도록 하여라. 동해 바닷가에 가섭원이라는 땅이 기름져 나라를 세우기에 알맞을 것이다."

아란불이 왕에게 꿈 이야기를 자세히 아뢰니 왕은 그의 말대로 도읍을 가섭원으로 옮기고, 나라 이름을 동부여東扶餘라고 하였다.

해부루왕은 자식이 없었다. 늙도록 자식이 없자 애가 탄 왕은 하늘에 제사를 올려 아들 낳기를 빌기로 하였다.

어느 날 산천에 제사를 지내며 아들 낳기를 비는데, 갑자기 타고 간 말이 곤연鯤淵에 있는 큰 돌을 보더니 눈물을 흘렸다. 왕이 너무도 이상하여 신하들에게 그 돌을 들춰 보라 하였더니 놀랍게도 돌 밑에서 개구리같이 생긴 황금빛 아이가 나왔다.

왕은 감격에 차 말했다.

"오, 하늘이 나에게 아이를 주셨구나!"

왕은 아이를 데려와 기르면서 이름을 금와라 하였다. 금와가 자라자 해부루왕은 금와를 태자로 삼았다. 금와는 해부루왕이 죽은 후 왕위에 올랐다.

배를 타고 바다를 건너온 탈해왕

신라 제2대 남해왕 때의 일이다.

어느 날, 가락국 앞바다에 낯선 배 한 척이 닻을 내렸다. 가락국의 수로왕首露王은 여러 신하와 백성을 거느리고 바닷가로 나아가 요란하게 북을 치며 배를 맞이하려 하였다. 그러나 배는 수로왕 일행을 피해 신라 동쪽 하서지촌下西知村의 아진포阿珍浦로 쏜살같이 달아나 버렸다.

신라 아진포에는 아진의선阿珍義先이라는 노파가 살았는데 아진포 앞바다에서 들려오는 까치 소리에 놀라 중얼거렸다.

"이 바다 근처에는 본래 바위가 없는데 오늘은 무슨 까닭으로 까치들이 모여서 이다지 시끄럽게 울어 대노?"

노파는 얼른 배를 띄워 까치들이 우는 곳에 다가가 보았다. 자세히 보니 까치들은 낯선 배 위에서 울고 있었다. 노파는 뭔가 심상치 않은 일이 일어난 것임을 직감하고 배를 끌어당겨 보았다. 배에는 길이가 스무 자쯤 되고, 폭이 열세 자쯤 되는 커다란 궤짝 하나가 들어 있었다.

노파는 배를 끌어다가 일단 숲 밑에 매고, 이것이 흉한 것인지 길한 것인지를 하늘에 물어보았다. 그리고 조금 있다가 궤짝을 열었다. 궤짝에는 놀랍게도 단정하게 생긴 사내아이와 일곱 가지 보물과 노비들이 들어 있었다. 노파는 그들을 집에 데려와 이레 동안 잘 먹이고 보살폈다.

그렇게 그들이 노파의 집에 머문 지 이레째 되는 날 아침이었다. 사내아이가 처음으로 입을 열더니 이렇게 말했다.

"나는 본래 용성국龍城國 사람입니다. 우리나라에는 사람의 모습으로 태어난 스물여덟 명의 용왕이 있었습니다. 그들은 모두 대여섯 살에 왕위에 올라 백성을 편히 살게 하는 데 온갖 노력을 기울였습니다. 여덟 등급의 혈통이 있었지만 그것과는 상관없이 모두 왕위에 올랐지요.

저희 아버지는 함달파왕舍達婆王이십니다. 아버지는 적녀국積女國의 공주였던 어머니를 왕비로 맞으셨습니다. 그러나 어머니는 오래도록 아들을 낳지 못하셨습니다. 애가 탄 부모님은 하늘에 간절히 기도하며 아들 낳기를 빌었습니다. 기도를 드린 지 7년 만에, 어머니는 마침내 임신을 하셨고, 몇 달 후 커다란 알 하나를 낳으셨습니다.

아버지 함달파왕은 사람이 난 알을 어찌해야 할지 몰라 급히 신하들을 모아 놓고 의논하셨습니다. 그리고 깊은 고심 끝에 알을 버리기로 결정하셨습니다. 아버지는 곧 커다란 궤짝 하나를 만들어 나와 일곱 가지 보물과 노비들을 함께 배 안에 태우고는 바다에 띄우면서 '아무쪼록 인연 있는 곳에 닿아 나라를 세우라.' 고 빌었습니다. 아버지가 기도를 마치자 갑자기 붉은 용이 나타나더니 우리 배를 호위해서 이곳으로 인도해 주었습니다."

아이는 말을 마치고 노파에게 인사를 한 뒤, 두 하인을 데리고 지팡이를 끌며 토함산吐舍山으로 올라가 버렸다.

토함산으로 올라간 아이는 산마루턱에 돌집을 짓고 그곳에서 이레 동안을 머무르면서 성안에 살 만한 곳이 있는지를 살폈다. 그러던 중 초승달 같은 산봉우리가 눈에 들어왔다. 그는 바로 그곳으로 달려갔다. 그러나 아쉽게도 그곳은 호공이라는 사람의 집이었다.

아이는 무슨 수를 써서라도 호공에게서 그 집을 빼앗으리라 마음먹고 그럴듯한 꾀를 하나 생각해 내었다. 그는 먼저 숫돌과 숯을 아무도 모르게 호공의 집 옆에 묻어 놓았다. 그러고는 이튿날 아침, 천연덕스럽게 그 집 문 앞에 가서 말했다.

"예전에 우리 조상이 살던 집이오."

기가 막힌 호공은 펄쩍 뛰며 그렇지 않다고 우겼다. 둘은 옥신각신 한참을 다투었다. 시비는 쉽게 가려지지 않았다. 결국 두 사람은 관청에 가 누구의 말이 옳은지를 가리기로 하였다. 두 사람의 말을 다 들은 재판관이 그에게 물었다.

"무엇으로 네 집이라는 것을 증명할 수 있느냐?"

그가 대답했다.

"우리 조상은 본래 대장장이였습니다. 잠시 다른 고을에 가 살다가 돌아와 보니 다른 사람이 집을 빼앗아 살고 있지 뭡니까? 집 주변 땅을 파서 조사해 보면 제 말이 사실인지 아닌지 금방 알 수 있을 것입니다."

그의 주장에 따라 호공의 집 주변을 파 보니 과연 숫돌과 숯이 나왔다. 재판관은 호공에게 얼른 집을 아이에게 다시 돌려줄 것을 명령하였다. 이렇게 하여 아이는 마침내 호공의 집을 빼앗아 살게 되었다.

당시 신라를 다스리던 왕은 남해왕이었는데, 탈해脫解가 속임수를 써 호공의 집을 차지한 것을 보고 그의 지혜에 감탄하여 자신의 큰딸을 탈해에게 주었다. 탈해의 아내인 아니부인阿尼夫人은 바로 남해왕의 맏공주이다.

탈해의 지혜로움을 전하는 이야기가 또 있다.
어느 날 탈해가 토함산에 올라갔다가 내려오는 길에 너무 목이 말라 따라오던 하인 백의白衣에게 우물에 가서 물 한 그릇을 떠오라고 하였다. 백의는 물을 떠오는 길에 자신도 목이 말라 몰래 물을 한 모금 마셨다. 그런데 어찌 된 일인지 물그릇 한 쪽이 입에 붙어서 떨어지지 않았다.
백의가 하는 수 없이 입술에 물그릇을 붙인 채로 탈해 앞에 나아가니 탈해는 버릇없는 행동을 나무랐다. 백의는 진심으로 자신의 행동을 뉘우치며 사죄했다.
"앞으로는 가까운 곳이거나 먼 곳이거나 절대로 먼저 물을 마시지 않겠습니다."
물그릇은 그제야 입에서 떨어졌다.
백의는 이 일을 계기로 탈해를 더욱 두려워하게 되었으며, 그를 감히 속이지 못하였다. 지금 사람들이 요내정遙乃井이라고 부르는 토함산 속의 우물이 바로 백의가 물을 길었던 그 우물이다.

탈해는 노례왕弩禮王의 뒤를 이어 왕위에 올랐다. 탈해는 '옛날에 남의 집을 내 집이라 우겨 빼앗았다.'고 해서 성을 석씨昔氏라고 하였다. 어떤 이들은 까치들 때문에 궤짝을 열게 되었으므로 까치鵲라는 글자에서 조자鳥字를 떼고 석昔으로 성姓을 삼은 것이라고 하였다. 탈해라는 이름은 궤짝을 열고, 알을 깨고 나왔으므로 그렇게 붙인 것이라고 한다.

탈해는 나라를 다스린 지 23년 만에 세상을 떠났다. 그가 죽자 사람들은 그를 소천疏川 언덕에 장사 지내려고 하였다. 그런데 그의 혼령이 나타나더니 "내 뼈를 묻지 말라."고 명령하였다. 놀란 사람들이 그의 무덤을 파 보니 머리뼈의 둘레는 석 자 두 치, 몸뼈의 길이는 아홉 자 일곱 치였으며, 치아는 서로 엉기어 하나가 된 듯하고, 뼈마디는 모두 연결되어 있었다. 이런 탈해의 골격은 천하에 둘도 없는 장사의 골격이었다.

뼈를 부수어 그의 형상을 빚어 대궐에 모셔 두었더니, 그의 혼령이 나타나 말하기를, "내 뼈를 토함산에 안치해 두어라." 하므로 그곳에 봉안*하였다.

---

* 봉안(奉安) | '잘 모셔 두다'라는 의미로 안치(安置)의 높임말이다.

황금 궤짝에서 나온 김알지

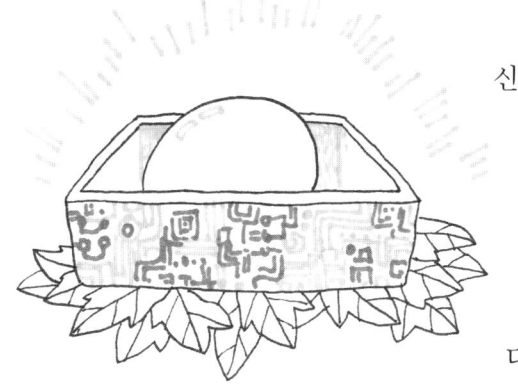

신라 제4대 탈해왕 때의 일이다.

팔월 초나흗날 밤, 호공瓠公이 월성 서쪽 마을을 지나는데, 크고 밝은 빛이 시림始林 속에서 나오는 것이 보였다. 좀더 숲 속으로 다가가 자세히 보니 자줏빛 구름이 하늘에서 땅까지 드리워 있고, 구름 속에 커다란 황금색 궤짝 하나가 나뭇가지에 걸려 있었다. 빛은 바로 그 궤짝 속에서 나온 것이었다. 그 나무 바로 밑에는 흰 닭 한 마리가 울고 있었다.

호공은 얼른 궁궐로 달려가 왕에게 자신이 본 광경을 아뢰었다. 왕은 그의 말을 듣고 한걸음에 숲으로 달려와 황금색 궤짝을 열어 보았다. 궤짝을 여니 어린 사내아이가 누워 있다가 벌떡 일어났다. 사람들은 이 광경이 마치 혁거세왕 때의 일과 같으므로 아이를 알지閼智라고 이름 지었다. 알지란 우리말로 어린아이를 뜻한다.

왕이 아이를 안고 대궐로 돌아오니 새와 짐승들이 서로 따르면서 기쁘게 뛰놀고 춤을 추었다. 왕은 좋은 날을 택하여 알지를 태자로 책봉하였다. 그러나 알지는 파사왕婆王에게 왕위를 양보하고 자신은 왕위에 오르지 않았다.

알지는 황금색 궤짝에서 나왔다 하여 성을 김씨라고 하였다. 신라의 김씨는 알지에서 시작된 것이다.

미추왕과 댓잎 군사

신라 제13대 미추왕은 김알지金閼智의 7대손이다. 대대로 높은 귀족이었으며 성스러운 덕이 있었다. 첨해왕沽解王의 뒤를 이어 왕위에 올라 23년 동안 통치하였다. 그의 능은 흥륜사興輪寺 동쪽에 있다.

제14대 유리왕儒理王 때 이서국伊西國 사람들이 금성金城을 공격해 왔다. 신라는 많은 군사를 동원하여 맞섰지만 오래 저항할 수가 없었다. 전세가 신라군에게 매우 불리하게 돌아가고 있을 때였다. 어디선가 귀에 댓잎을 꽂은 이상한 군사들이 오더니 신라군을 도왔다. 신라군은 이들의 도움으로 적

들을 쉽게 물리칠 수가 있었다.

그러나 적군이 물러가자 댓잎 군사들은 순식간에 자취를 감추어 버렸다. 오직 댓잎만이 미추왕의 능 앞에 수북이 쌓여 있을 뿐이었다. 사람들은 이 광경을 보고 그제서야 미추왕이 음陰으로 도운 것임을 알았다. 그래서 이때부터 이곳을 죽현릉竹現陵이라고 불렀다.

제37대 혜공왕 15년 4월 어느 날, 유신공庾信公의 무덤에서 갑자기 회오리바람이 일어나더니 무덤 한가운데에서 장군의 모습을 한 사람이 말을 타고 나왔다. 그의 뒤로는 갑옷을 입고 무기를 든 40명가량의 군사가 따라 나왔다. 그들은 모두 죽현릉으로 들어갔다. 잠시 후, 무덤 속에서 우는 것 같기도 하고, 하소연하는 것 같기도 한 소리가 들려왔다.

"신은 평생 어려운 시국을 구제하고 삼국을 통일하는 데 큰 공을 세웠으며, 혼백이 되어서도 나라를 보호하고 위기에서 구하려는 마음을 잊어 본 적이 없습니다. 하온데 지난 경술庚戌년에 신의 자손이 아무런 죄도 없이 죽임을 당하였습니다. 이것은 임금이나 신하들이 모두 저의 공을 잊었기 때문입니다. 신은 차라리 먼 곳으로 옮겨 가서 다시는 나라를 위해서 힘쓰지 않으려고 합니다. 바라옵건대 왕께서는 허락해 주십시오."

왕이 유신을 달래며 말했다.

"공이 이 나라를 지키지 않는다면, 저 백성을 어떻게 하겠는가? 그러지 말고 공은 전과 다름없이 힘쓰도록 하오."

유신이 세 번을 청하였으나 왕은 세 번을 거절하며 허락하지 않았다. 그러자 회오리바람은 다시 무덤 속으로 돌아갔다.

이 소식을 들은 혜공왕은 곧바로 신하 김경신金敬信을 보내서 김유신공의 무덤에 가서 사과하고, 밭 30결을 취선사鷲仙寺에 내려 주며 그의 명복을 빌게 하였다. 이 절은 유신이 평양을 토벌한 뒤에 복을 빌기 위해 세운 것이다.

비처왕이 받은 서출지의 편지

신라 제21대 비처왕이 왕위에 오른 지 10년이 되는 해의 어느 날이었다. 왕이 천천정天泉亭에 나들이를 나갔다가 길가에서 잠시 쉬는데, 어디선가 까마귀와 쥐가 오더니 왕 앞에서 시끄럽게 울어 댔다. 왕이 갑자기 벌어진 일에 조금 놀라 당황하는데 쥐가 사람의 말로 외쳤다.

"이 까마귀가 가는 곳을 찾아보시오."

왕은 말을 탄 병사에게 까마귀의 뒤를 따라가 보라고 하였다.

까마귀의 뒤를 쫓던 병사가 남쪽 피촌避村에 이르렀을 때였다. 갑자기 시끄러운 소리가 나서 주위를 둘러보니 돼지 두 마리가 옆에서 싸우고 있었다. 병사는 돼지 싸움을 구경하느라 한참 동안 정신이 팔려 있었다. 그러다 문득 정신을 차려 보니 까마귀의 행방을 알 수가 없었다.

병사는 왕의 꾸지람이 겁나 까마귀의 행방을 찾으며 길에서 서성거렸다. 그때 연못에서 한 노인이 나오더니 그에게 편지 한 통을 주었다. 편지의 겉봉에는, "이 봉투를 열어 보면 두 사람이 죽을 것이요, 열어 보지 않으면 한 사람이 죽을 것입니다." 하고 쓰여 있었다.

병사는 돌아와 왕에게 편지를 바쳤다. 편지 겉봉에 쓰인 글을 읽은 왕은 이렇게 말했다.

"봉투를 열어 두 사람을 죽이느니, 열어 보지 않아 한 사람만 죽게 하는 것이 낫겠구나."

그러자 옆에 있는 점치는 관리가 아뢰었다.

"여기서 두 사람은 서민을 말하는 것이요, 한 사람은 바로 왕을 칭하는 것입니다."

관리의 말을 들은 왕은 놀라 편지를 뜯어보았다. 편지에는 단 한 줄이 씌어 있었다.

"거문고 갑을 쏴라."

왕은 곧 궁중으로 돌아와 활 잘 쏘는 이에게 거문고 갑을 쏘게 하였다. 그랬더니 거문고 갑 안에서 내전에서 수도하던 중과 궁주*가 함께 나왔다. 두 사람은 은밀히 간통하고 있었던 것이다. 왕은 이 두 사람을 사형에 처하였다.

* 궁주(宮主) | 궁주는 왕의 여자로 왕비나 후궁을 지칭한다.

이런 일이 있은 뒤부터 해마다 정월의 첫 돼지·쥐·말날에는 모든 일을 조심하고, 함부로 행동하지 않는 풍속이 생겼다. 또 정월 15일에는 까마귀가 꺼린 날이라 하여 찰밥을 지어 제사 지냈다. 이런 일은 지금까지도 계속 행해진다. 우리말로는 달도怛忉라고 하는데, 슬퍼하고 조심하며 모든 일을 금하고 꺼린다는 뜻이다. 편지를 전해 준 노인이 나온 연못은 서출지書出池라고 불렀다.

진지왕의 혼이 낳은 아들 비형랑

 신라 제25대 사륜왕舍輪王의 시호는 진지대왕眞智大王이다. 진지왕은 술과 여자에 빠져 정치를 게을리 하였다. 그런 탓에 나라는 어지러웠고 정치도 제대로 이루어지지 않았다. 보다 못한 나라 사람들이 그를 왕위에서 물러나게 하였다.

 진지왕이 왕위에 있을 때, 사량부의 민가에 얼굴이 곱고 아름다운 여자가 살았다. 당시 사람들은 그녀를 복사꽃에 비유하여 도화녀桃花女라고 불렀다.

 진지왕은 사량부에 사는 도화녀라는 여인이 무척 아름답다는 소문을 들은 뒤부터 그녀에 대한 생각을 끊어 버리지 못하였다. 그래서 하루는 도화녀를 조용히 궁중으로 불러들여 정을 통하려 하였다. 그러자 도화녀가 말했다.

 "여자는 두 남편을 섬기지 않는 법입니다. 아무리 위엄 있는 왕이라고 하더라도 남편이 있는 저를 맘대로 하시지는 못할 것이옵니다."

 이 말에 화가 난 왕은 도화녀를 더욱 위협했다.

 "내가 만일 너를 죽인다면 어찌하겠느냐?"

 도화녀는 태연히 말했다.

 "내 목을 거리에서 벤다 하더라도 결코 당신을 섬기지 않을 것입니다."

 왕은 다시 희롱하며 말했다.

 "그럼 남편이 없으면 허락하겠느냐?"

 도화녀는 어쩔 수 없이 "그렇습니다." 하고 대답하였다. 왕은 그녀를 돌려보냈다.

그 후 왕은 나라 사람들이 폐위해 죽었다. 왕이 죽은 지 3년 만에 도화녀의 남편도 죽었다.

남편이 죽고, 열흘이 지난 어느 날 밤이었다. 밤이 깊었는데 갑자기 죽은 진지왕이 평소 모습으로 도화녀의 방으로 들어오더니 말했다.

"네가 옛날에 나에게 약속한 말을 기억하느냐? 지금 네 남편이 죽었으니 이제 나를 받아들이겠느냐?"

도화녀는 너무 급작스런 일이라 쉽게 마음의 결정을 하지 못하고 부모에게 가 여쭈었다. 부모는 말했다.

"임금의 말씀인데 어찌 거역할 수가 있겠느냐?"

도화녀는 부모의 명령에 따라 왕의 청을 받아들이기로 하고 왕이 있는 방으로 들어가 함께 밤을 지냈다. 왕은 이레 동안 도화녀의 방에 머물렀는데 내내 오색구름이 집을 덮고, 묘한 향기가 방에 가득하였다. 왕은 이레 뒤에 갑자기 자취를 감추었다.

이후에 도화녀는 곧 아기를 가졌고, 열 달 뒤 사내아이를 낳았다. 아이의 이름을 비형鼻荊이라고 지었다.

진지왕의 뒤를 이은 진평왕은 비형의 이야기를 듣고 그를 궁중에 데려와 길렀다. 그리고 비형이 열다섯 살 때 집사執事 벼슬을 주었다.

그런데 비형은 밤마다 월성 서쪽 황천 언덕에 가서 귀신들과 놀았다. 비형이 귀신들과 어울린다는 소문을 들은 왕은 용맹한 군사 50명을 시켜서 몰래 비형의 뒤를 따라가 보게 하였다. 비형의 뒤를 밟은 군사들은 비형이 밤마다 귀신들과 어울려 놀다가 절에서 새벽 종소리가 들리면 집으로 돌아온다는 사실을 왕께 아뢰었다. 왕은 비형을 불러서 그 말이 사실인지를 물었다.

"네가 귀신들을 데리고 논다는 소문이 정녕 사실이냐?"

"그렇습니다."

비형이 답했다.

"그렇다면 그 귀신들을 데리고 신원사神元寺 북쪽 개천에 다리를 놓도록 하여라."

비형은 그날 밤 귀신들을 시켜 하룻밤 사이에 큰 다리를 놓았다. 사람들은 귀신들이 다리를 놓았다 하여 그 다리를 귀신다리, 귀교鬼橋라 하였다.

왕은 비형을 불러 또 물었다.

"귀신들 중에 나라 일을 도울 만한 자가 있느냐?"

"길달吉達이란 자가 매우 충성스럽고 정직하여 나라 일을 도울 만합니다."

왕은 그를 데려오게 하였다.

이튿날 비형이 그를 데려와 왕께 보이니 왕은 그에게 집사라는 벼슬을 주었다. 길달은 비형의 말대로 매우 충성스럽고 정직한 사람이었다. 왕은 아들이 없는 각간 임종林宗에게 길달을 양아들로 삼게 하였다.

임종은 길달에게 흥륜사興輪寺 남쪽에 문루門樓를 세우게 하였다. 길달은 문루를 세우고 매일 밤 그 문루 위에 올라가서 잠을 잤다. 그래서 사람들은 그 문루를 길달문이라고 불렀다.

  그러던 어느 날 길달은 여우로 변하더니 도망가 버렸다. 비형은 귀신들을 시켜서 도망간 길달을 잡아 죽였다. 이 때문에 귀신들은 비형의 이름만 들어도 두려워하며 멀리 달아났다. 당시 사람들이 노래를 지어 불렀다.

    성스런 임금의 혼이 아들을 낳으니
    비형랑의 집이 여기로다
    날고뛰는 귀신들아
    이곳에는 함부로 머물지 마라

  이때부터 신라에는 이 노래를 붙여 귀신을 쫓는 풍속이 생겼다.

신문왕이 받은 신기한 피리 만파식적

신라 제31대 신문왕은 돌아가신 아버지 문무왕을 위하여 왕위에 오르자마자 동해 바닷가에 감은사感恩寺라는 절을 지었다.

신문왕이 감은사를 세운 이듬해 오월 초하루, 바다를 맡은 관리인 파진찬 박숙청朴夙淸이 왕에게 와서 아뢰었다.

"동해에 있는 작은 산 하나가 물에 둥실 떠서 감은사를 향해 오고 있습니다."

왕이 이상히 여기고 점을 치는 관리 김춘질金春質을 불러 서둘러 점을 쳐보게 하였더니 김춘질이 다음과 같이 아뢰었다.

"대왕의 아버님께서는 지금 바다의 용이 되어 신라를 보호하고 계십니다. 김유신공도 삼삼천*의 한 아들이 되어 지금 인간세계에 내려와 대신이 되셨습니다. 이제 두 분의 성인이 마음을 모아 이 나라를 지킬 커다란 보물을 주시려고 하시는 것입니다. 만일 폐하께서 바닷가로 나가시면 반드시 큰 보물을 얻으실 것입니다."

김춘질의 말에 왕은 매우 기뻐하였다.

왕은 그 달 초이레에 이견대利見臺로 가 물에 떠 있는 작은 산을 바라보았다. 그리고 신하 한 사람을 보내어 더 자세히 산의 모양을 살피고 오게 하였다. 신하는 산 모양은 마치 거북의 머리 같고 산 위에는 한 개의 대나무가 있는데 낮에는 둘이다가 밤에는 합해져 하나가 되더라고 자신이 본 것을 왕께와 자세히 아뢰었다.

왕은 그날 밤 감은사에서 묵었다.

이튿날 오시午時, 갑자기 둘이던 대나무가 요란한 소리를 내며 하나로 합쳐지더니 천지가 진동하고 비바람이 몰아치기를 이레 동안이나 계속하였다.

비바람이 잦아들고 물결도 잔잔해진 그 달 16일, 왕은 배를 타고 바다 가운데에 있는 작은 산으로 들어갔다. 산에 들어가니 용 한 마리가 나와 왕을 정중하게 맞이하였다. 그리고 검은 옥대를 왕에게 공손히 바쳤다. 왕이 용에게 물었다.

"이 산이 대나무와 함께 어느 때는 갈라지고 어느 때는 합쳐지는데 무엇 때문인가?"

용이 대답했다.

"비유하자면 한 손으로 치면 소리가 나지 않고 두 손으로 치면 소리가 나는 것과 같은 이치입니다. 대나무란 물건은 본래 합쳐져야 소리가 나는 것이니, 성왕께서 소리로 천하를 다스리실 징조입니다. 왕께서 이 대나무를 가지고 가셔서 피리를 만들어 부시면 온 천하가 화평해질 것입니다.

대왕의 아버님께서는 바다의 큰 용이 되셨고 유신은 천신이 되셨습니다. 두 분의 성인이 마음을 합하여 값을 매길 수 없는 이런 큰 보물을 대왕께 바

---

* 삼삼천(三三天) | 속계(俗界) 6천(天) 중의 제2천인 도리천(忉利天)을 가리킨다. 33천은 수미산 꼭대기에 있는데 그 중앙에 제석천(帝釋天)이 거주하는 선견성(善見城)이, 사방에 4천이, 4천마다 8개의 성이 있어 모두 33천이 된다고 한다.

치게 한 것입니다."

이 말을 들은 왕은 매우 기뻐하며 오색 비단과 금, 옥 등을 감사의 뜻으로 전달하였다. 그리고 신하에게 산의 대나무를 베게 한 뒤, 그것을 가지고 산에서 나왔다. 왕이 나오자 산과 용은 갑자기 모습을 감추었다.

왕은 산에서 돌아온 그날 밤 감은사에서 묵었다.

다음 날 17일, 왕이 지림사祗林寺 서쪽 시냇가에 이르러 수레를 멈추고 점심을 먹는데 태자 이공理恭이 대궐을 지키다가 소식을 듣고 달려왔다. 이공은 왕이 용에게 받아 온 옥대를 찬찬히 살펴보더니 감탄하며 말했다.

"이 옥대의 쪽들은 모두 진짜 용입니다."

왕이 놀라 물었다.

"네가 그것을 어찌 아느냐?"

이공이 말했다.

"이 쪽 하나를 떼어 물에 넣어 보십시오."

왕이 옥대의 왼편 둘째 쪽을 떼어 시냇물에 넣었더니 쪽은 금세 용이 되어 하늘로 올라갔고, 올라가고 난 자리는 못이 되었다. 그래서 그 못을 용연龍淵이라고 불렀다.

왕은 대궐로 돌아온 후에 대나무로 피리를 만들어 월성의 천존고*에 잘

* 천존고(天尊庫) | 왕실의 중요한 물건을 보관해 두는 창고.

간직해 두었다. 피리는 매우 신비하여 이것을 불면 적병이 물러가고 병이 나으며, 가뭄에는 비가 오고, 장마에는 날이 개었다. 왕은 이 피리를 만파식적萬波息笛이라 부르고 국보로 삼았다.

김경신의 왕이 되는 꿈

신라 제38대 원성왕 김경신이 이찬伊飡 김주원金周元 밑에서 각간 벼슬을 할 때다. 하루는 경신이 잠을 자다가 꿈을 꾸는데 자신이 두건을 벗고 흰 갓을 쓰고, 손에는 열두 줄 가야금을 들고 천관사天官寺 우물로 들어가는 것이었다.

경신은 꿈에서 깬 뒤, 너무 생생하고 이상한 꿈이 마음에 걸려 사람을 시켜 꿈을 풀어 보게 하였다.

"두건을 벗은 것은 관직을 잃을 징조요, 가야금을 든 것은 칼을 쓸 징조요, 우물로 들어간 것은 옥에 갇힐 징조입니다."

경신은 너무 나쁜 해몽에 불안하여 두문불출하며 지냈다.

그런데 마침 아찬阿飡 여삼餘三이라는 사람이 경신을 찾아와 한 번 뵙기를 청하였다. 경신은 혹 무슨 안 좋은 일이 일어날까 두려워 병을 핑계로 만나지 않으려 하였다. 그러나 여삼은 막무가내로 뵙기를 고집하였다. 경신도 더는 어쩌지 못하여 만남을 허락하였다.

경신을 보더니 여삼이 물었다.

"공께서 꺼리는 것이 도대체 무엇입니까?"

경신은 꿈 이야기와 꿈을 풀어 준 사람의 말을 자세히 전하였다. 여삼은 다 듣더니 일어나 절하며 말했다.

"정말 좋은 꿈입니다. 공이 만일 왕위에 오른 뒤에도 저를 버리지 않으신다면 공을 위해서 꿈을 풀어 보겠습니다."

경신은 주위 사람들을 다 내보내고 여삼과 둘이 마주 앉았다. 아찬은 나

지막한 소리로 꿈 풀이를 시작했다.

"공께서 꿈에 두건을 벗은 것은 공의 윗자리에 앉은 이가 없다는 것을 의미하며, 흰 갓을 쓴 것은 면류관을 쓸 징조입니다. 열두 줄 가야금을 든 것은 12대손이 왕위를 이어받는다는 의미요, 천관사 우물에 들어간 것은 궁궐에 들어갈 것이라는 상서로운 암시입니다."

이 말을 들은 경신이 말했다.

"에이, 내 위에 주원周元이 있는데 그를 제치고 내가 어떻게 왕위에 오른단 말인가?"

그러자 여삼이 말했다.

"그건 어렵지 않습니다. 북천신에게 제사를 지내십시오."

경신은 여삼의 말대로 북천신에게 제사를 지냈다.

그런 일이 있은 며칠 후, 선덕왕이 세상을 떠났다. 나라 사람들은 너나없이 선덕왕의 뒤를 이을 사람으로 김주원金周元을 추천하였다. 주원은 궁 안으로 들어갈 채비를 차렸다. 주원의 집은 북천 건너편에 있어 궁궐로 들어가려면 반드시 북천을 건너야 했다. 그런데 공교롭게도 북천의 물이 너무 불어 주원의 발이 묶이고 말았다. 경신은 주원이 불은 물 때문에 궁 안으로 들어오지 못하는 틈을 타 먼저 궁에 들어가 왕위를 차지하였다.

대신들은 모두 새로 왕위에 오른 경신을 축하했다. 원성왕 김경신은 이렇게 왕위에 올랐다. 여삼의 꿈 풀이가 그대로 맞은 것이다.

경신에게 아쉽게 왕위를 빼앗기고 만 김주원은 명주溟洲로 물러가서 평생을 살았다.

원성왕은 왕위에 오른 뒤 꿈 풀이를 해준 여삼에게 보답하려 하였으나 여삼은 이미 세상을 떠난 뒤였다. 그래서 그를 대신하여 왕은 그의 자손들에게 높은 벼슬을 주었다.

원성왕은 아버지에게서 신비한 피리 만파식적을 얻은 뒤 하늘의 은혜를 입어 오래오래 나라를 편하게 다스렸다.

당시 일본 왕 문경文慶은 군사를 일으켜 신라를 칠 뜻을 품고 있었는데 신라에 신비한 피리 만파식적이 있다는 말을 듣고, 계획을 잠시 미루어 둔 채 피리부터 빼앗아 올 계책을 꾸몄다. 문경은 사신에게 금 50냥을 주면서 신라에 가서 만파식적을 얻어 오라고 명령하였다.

일본에서 온 사신이 왕에게 만파식적을 보여 줄 것을 청하자 왕은 시치미를 뚝 떼며 말했다.

"글쎄, 나도 진평왕 때에 그런 피리가 있었다는 것을 듣긴 했는데 지금은 어디에 있는지 전혀 알 수가 없소."

문경왕은 이듬해 7월 7일, 다시 금 1,000냥을 사신에게 주며 피리를 얻어 오라고 하였다. 사신은 거의 떼를 쓰며 매달렸다.

"신비로운 피리를 보기만 하고 그대로 돌려드리겠습니다."

하지만 왕은 이전과 같은 대답으로 사신의 청을 거절하였다. 왕은 은 3,000냥을 일본 사신에게 주면서 사신이 가져온 금은 도로 갖고 곧장 돌아가게 하였다.

왕은 8월, 사신이 돌아간 뒤에 그 피리를 내황전*에 더욱 소중하게 간직했다.

원성왕이 왕위에 오른 지 11년째 되는 해, 당나라 사신이 서울에 와서 약 한 달을 머무르다 돌아갔다. 사신이 돌아간 다음 날 웬 여자 둘이 왕에게 오더니 이렇게 아뢰었다.

"저희는 동지東池와 청지靑池 두 연못에 사는 용의 아내입니다. 며칠 전 당나라 사신이 하서국河西國 사람들을 데리고 와서 우리의 남편인 두 용龍과 분황사芬皇寺 우물의 용을 작은 물고기로 변하게 한 뒤에 통 속에 넣어 돌아갔습니다. 제발 그 사람들에게 명령을 내려 우리의 남편이자 나라를 지키는 용인 그들을 여기에 머무르게 해주십시오."

이 말을 들은 왕은 하양관河陽館까지 가서 직접 연회를 열고 하서국 사람들을 다그쳤다.

"너희는 어찌해서 우리나라의 세 용을 잡아 왔느냐? 만일 사실대로 고하

---

* 내황전(內黃殿) | 궁성 내의 건물로 만파식적을 보관하던 곳.

지 않으면 사형에 처할 것이다."

하서국 사람들은 놀라 물고기 세 마리를 얼른 통 속에서 꺼내 왕에게 바쳤다. 왕이 물고기들을 서둘러 세 곳에 놓아주니 물고기들은 물속에서 한 길씩이나 뛰며 기뻐하더니 가 버렸다. 당나라 사람들은 왕의 뛰어난 능력에 감탄하였다.

왕이 황룡사의 지해智海스님을 대궐 안으로 불러다가 화엄경을 50일 동안 강의하게 한 적이 있었다. 이때 지해는 강의하는 동안 데리고 있을 묘정妙正이란 아이와 함께 대궐로 들어왔다.

묘정은 궐에서 스님의 잔심부름을 하며 지냈다. 식사 후에는 늘 금광金光우물가에서 스님의 바리때를 씻었는데 그때마다 자라 한 마리가 우물에서 떴다 가라앉았다를 반복하였다. 묘정은 남은 밥을 자라에게 주며 같이 놀았다. 스님이 강의하기로 예정된 50일이 거의 다 되어 법석이 끝나 갈 무렵에 묘정이 자라에게 말했다.

"내가 너에게 은덕을 베푼 지 오래인데 너는 무엇으로 은혜를 갚으려느냐?"

며칠이 지난 어느 날이었다. 묘정이 그날도 우물가에 와서 바리때를 씻고 자라와 함께 노는데 자라가 조그만 구슬 한 개를 입에 물고 와서는 묘정에게 주려는 것 같은 행동을 하였다. 묘정이 손을 갖다 대니 자라는 입에 물고 있던 구슬 하나를 손바닥에 토해 놓았다. 묘정은 자라가 주는 구슬을 받아 허리띠 끝에 매달았다.

그 후로 왕은 묘정을 보면 이상하게 사랑하는 마음이 생겼다. 그래서 늘 내전에 불러들여 곁에서 떠나지 못하게 하였다.

이때 왕의 신하 한 사람이 당나라 사신으로 가게 되었는데, 그도 묘정을 사랑하여 왕에게 같이 가기를 청하였다. 왕은 그러라고 허락하였다.

두 사람이 당나라에 들어가니 당나라의 황제를 비롯하여 많은 승상과 신하 모두 묘정을 존경하고 신뢰하였다. 관상쟁이 하나가 황제에게 아뢰었다.

"저 아이의 상은 그다지 좋지 않습니다. 그런데도 남들에게 신뢰와 존경을 받으니 틀림없이 이상한 물건을 가졌을 것입니다."

황제는 사람을 시켜 묘정의 몸을 뒤져보게 하였다. 그랬더니 허리띠 끝에 매달린 조그만 구슬 하나가 나왔다. 이를 본 황제가 놀라며 말했다.

"나에게 여의주 네 개가 있었는데 지난해에 한 개를 잃어버렸다. 이 구슬은 내가 작년에 잃어버린 바로 그 구슬이다."

황제는 묘정에게 그 구슬을 갖게 된 사연을 자세하게 물었다. 묘정은 구슬을 얻은 과정을 황제에게 솔직하게 털어놓았다. 황제는 자신이 구슬을 잃었던 날짜와 묘정이 구슬을 얻은 날이 같음을 알고, 자신의 구슬임을 확신하여 바로 묘정의 구슬을 빼앗았다. 구슬을 빼앗긴 묘정은 그 후로는 누구에게도 사랑과 신뢰를 받지 못하였다.

경문대왕의 당나귀 귀

신라 제48대 경문왕 응렴膺廉이 스무 살이던 어느 날의 일이다. 왕이 그를 궁으로 부르더니 잔치를 열어 그간의 노고를 치하하였다. 응렴이 잔치에서 즐거운 시간을 보내는데 왕이 그에게 조용히 물었다.

"그대는 국선國仙으로 사방을 돌아다니며 놀지 않았나? 여러 곳을 다니며 본 것도 많을 것 같은데, 뭐 마음에 남는 것을 본 것이 있는가?"

응렴이 대답했다.

"예, 아름다운 행실이 있는 사람 셋을 보았습니다."

"그래? 그게 누구더냐?"

왕은 그들에 대해 들려줄 것을 청했다.

"남의 위에 있을 만한 사람이면서도 겸손하여 남의 아래에 있는 사람이 하나요, 세력이 있고 부자이면서도 옷차림을 검소하게 하는 사람이 둘이요, 귀하고 권력을 지녔으면서도 위세를 함부로 부리지 않는 사람이 셋입니다."

왕은 이 말을 듣고 응렴이 무척 어진 사람이라는 것을 알았다. 왕은 감동하여 자기도 모르게 눈물을 주르륵 흘리며 말했다.

"나에게 두 딸이 있는데 그대의 아내로 주겠노라."

응렴은 머리를 조아리며 절하고 물러 나왔다.

　응렴이 집으로 돌아와 잔치에서 있었던 일과 왕의 말씀을 부모에게 전하니 부모는 무척 기뻐하였다. 응렴의 부모는 왕의 두 딸 중에 누구를 아내로 맞을까 의논했다.

　"들리는 말로는 첫째 공주는 겉모습이 볼품없고, 둘째 공주가 무척 아름답다고 하니 둘째 공주를 아내로 삼는 것이 좋겠구나."

　응렴은 부모의 뜻에 따르기로 하였다.

　그런데 응렴이 이끄는 화랑의 우두머리인 범교사範敎師가 소식을 듣고 급히 응렴의 집으로 찾아와 물었다.

　"임금님께서 공주님을 공의 아내로 주기로 했다는 말이 정말입니까?"

　응렴은 그렇다고 대답했다.

　"그렇다면 어느 공주님을 맞이하실 작정이십니까?"

　"글쎄요, 부모님께서 둘째 공주가 좋겠다고 하시니 두 분의 의견을 따를까 합니다."

　그러자 범교사가 말했다.

　"만일 공께서 둘째 공주에게 장가를 든다면 저는 반드시 공 앞에서 죽을 것이고, 첫째 공주에게 장가간다면 반드시 세 가지 좋은 일이 생길 것입니다. 잘 생각해서 결정하십시오."

"말씀대로 하겠습니다."

응렴은 자세한 이유는 묻지 않고, 그냥 그의 충고를 따르기로 하였다.

며칠 뒤, 왕은 좋은 날을 골라 신하를 보내어 응렴에게 어느 공주와 결혼하고 싶은지를 물어 왔다.

"두 딸 중에 누구와 혼인하고 싶은지 알려 주시오."

응렴은 명을 받든 신하에게 첫째 공주와 결혼하겠다는 뜻을 전하였다. 이렇게 해서 응렴과 첫째 공주는 결혼을 하였다.

응렴이 첫째 공주와 결혼을 한 지 석 달이 지났을 무렵, 왕의 건강이 갑자기 악화되어 위급하게 되었다. 왕은 신하들을 불러 놓고 말했다.

"내게는 아들이 없으니 죽은 뒤에는 마땅히 맏딸의 남편인 응렴이 뒤를 이어야 할 것이다."

왕은 유언을 남기고 세상을 떠났다.

응렴은 왕의 유언대로 왕위에 올랐다.

이때 범교사가 왕에게 와서 말했다.

"제가 지난번에 아뢴 세 가지 좋은 일이 이제 모두 이루어졌습니다. 첫째 공주에게 장가를 들어 왕위에 오른 것이 하나요, 예전에 마음속으로 좋아하시던 둘째 공주에게 쉽게 장가드실 수 있게 되신 것이 둘이요, 첫째 공주에게 장가를 드셨기 때문에 왕과 부인께서 매우 기뻐하신 것이 셋입니다."

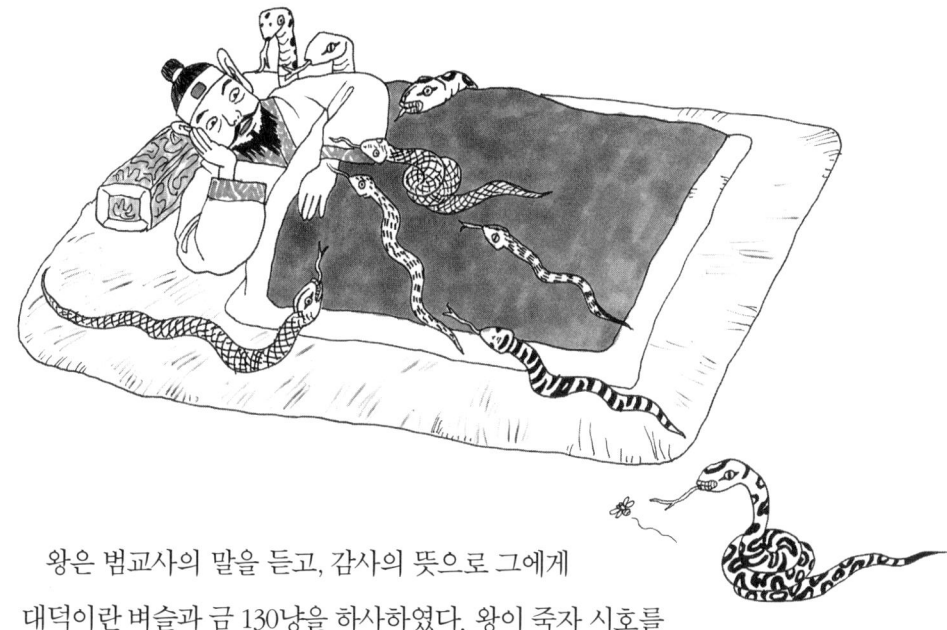

    왕은 범교사의 말을 듣고, 감사의 뜻으로 그에게 대덕이란 벼슬과 금 130냥을 하사하였다. 왕이 죽자 시호를 경문이라고 하였다.

    경문왕에 대한 두 가지 일화가 전한다.
    날마다 저녁이면 경문왕의 잠자리에는 수많은 뱀이 모여들었다. 궁인들이 너무 무섭고 두려워서 뱀을 쫓아내려 했지만 그럴 때마다 왕은 만류하며 말했다.
    "뱀이 없으면 편하게 잘 수가 없으니 쫓지 말고 그냥 두어라."
    왕은 늘 뱀과 함께 잤는데, 왕이 잘 때는 언제나 뱀이 혀를 내밀어 온 가슴을 덮었다고 한다.

    경문왕은 왕위에 오른 뒤에 갑자기 귀가 나귀처럼 길어졌다. 왕후와 궁인들 누구도 이 사실을 몰랐지만 단 한 사람, 왕의 관을 만드는 사람만은 이 사실을 알고 있었다. 하지만 그는 아무에게도 왕의 귀가 나귀의 귀처럼 생겼다는 것을 말하지 않았다. 그러던 그였지만 죽을 때가 가까워지자 한 번만이라도 그 말을 외쳐 보고 싶었다. 그는 아무도 없는 도림사道林寺 대밭으로 들어가서 대를 보고 외쳤다.

"우리 임금의 귀는 나귀 귀 같다네."

그런데 이상하게도 이후로 바람만 불면 대밭에서 '우리 임금의 귀는 나귀 귀 같다네.' 라는 소리가 들렸다. 왕은 이 소리가 듣기 싫어서 대밭의 대를 모두 베어 버리고, 대신 산수유나무를 심었다. 그 뒤로는 바람이 불면 거기에서 '우리 임금의 귀는 길쭉하다네.' 라는 소리가 났다.

헌강왕을 보좌한 용의 아들 처용

신라 제49대 헌강왕 때는 서울에서 지방까지 집들이 즐비했으나, 초가는 한 채도 없었다. 거리에는 음악과 노랫소리가 끊이지 않았으며, 바람과 비는 사시사철 알맞았다.

이렇듯 나라가 안정되고 백성이 태평을 누리던 어느 날, 헌강왕이 개운포에 놀러 나갔다가 궁으로 돌아오는 길에 잠시 행차를 멈추고 물가에 앉아 쉬는데 갑자기 구름과 안개가 자욱하게 드리우더니 캄캄해져 길을 분간할 수 없었다. 왕이 놀라 곁의 신하들에게 이게 도대체 어찌된 일인가를 물었다. 그러자 일관이 아뢰었다.

"이것은 동해용이 조화를 부린 것입니다. 용을 위해 뭔가 좋은 일을 해야 합니다."

왕은 신하들에게 용을 위하여 근처에 절을 지으라고 명하였다. 명령이 내리자마자 신기하게도 구름과 안개가 바로 걷혔다. 그래서 훗날 사람들이 이곳을 개운포라고 이름 지었다.

구름과 안개가 걷히자, 곧 왕 앞에 동해용이 모습을 드러냈다. 동해용은 일곱 아들을 거느리고 왕 앞으로 오더니 왕의 큰 덕을 찬양하며 춤을 추고 음악을 연주하였다. 그리고 절을 지어 주기로 한 데 대한 감사의 인사로 일곱 아들 중 한 명을 바치며 그로 하여금 왕의 정치를 돕게 하였다. 그 아들의 이름이 처용處容이다.

왕은 처용에게 아름다운 여자와 급간이라는 벼슬을 주었다. 처용은 아름다운 여자를 아내로 맞이하여 서울에 살면서 왕의 정치를 도왔다.

처용의 아내는 무척 아름다웠다. 역신은 그런 처용의 아내를 흠모하다가 처용이 집을 비운 어느 날 밤, 몰래 사람으로 변하여 처용의 집에 들어가 아내를 범하였다.

아무것도 모르고 밤늦도록 놀다가 집에 돌아온 처용은 뜻밖에도 아내와 역신이 함께 누운 광경을 목격하였다. 처용은 너무 놀랐지만 태연하게 춤을 추면서 노래하였다.

신라 밝은 달밤에

밤늦도록 놀며 다니다가

들어와 잠자리를 보니

다리가 넷이구나.

둘은 내 것인데

둘은 누구의 것인가.

본디 내 것이지만

빼앗긴 것을 어찌하리.

처용이 태연히 노래를 부르며 물러 나오자, 역신은 그만 처용의 넓은 도량에 감동하여 처용 앞에 무릎을 꿇었다.

"제가 공의 아내를 사모하여 이런 잘못을 저질렀는데도 전혀 노여워하지 않으시니 공은 정말 대단한 분이시군요. 맹세코 이제부터는 공의 얼굴 그림만 보아도 절대로 그 문안으로 들어가지 않겠습니다."

이런 뒤로 신라에는 처용의 얼굴을 그려 문에 붙여 사악한 귀신을 물리치고 경사스런 일을 맞이하는 풍속이 생겼다.

헌강왕은 서울로 돌아온 뒤, 곧 영취산 동쪽 기슭의 경치 좋은 곳에다 절을 세우고 망해사望海寺라고 하였다. 이 절은 신방사神房寺라고도 불렀는데 용을 위해서 세운 절이다.

헌강왕의 행차 때는 유난히 신들이 나타나 춤추고 노래한 일이 많았다.

왕이 포석정에 갔을 때에 남산의 신이 왕 앞에 나타나 춤을 추었는데, 주변 사람들 눈에는 신이 보이지 않고 오직 왕의 눈에만 그것이 보였다. 왕은 신의 춤을 따라 추면서 그 형상을 다른 사람들에게 보여 주었다. 나라 사람들은 이 춤을 어무상심* 혹은 어무산신御舞山神이라고 불렀다. 어떤 사람은 신이 먼저 나와서 춤을 추었고, 왕이 그 모습을 기술자에게 새기게 하여 후세 사람들에게 보여 주었으므로 상심象審이라고 했다. 혹은 이 춤을 상염무*라고도 하는데 이는 귀신의 생김새에 따라 이름을 붙인 것이다.

왕이 금강령에 갔을 때는 북악의 신이 나타나 춤을 추었는데, 이를 옥도검玉刀劍이라고 하였다.

또 왕이 동례전에서 잔치를 할 때는 지신地神이 나와서 춤을 추었는데 이를 지백급간地伯級干이라고 하였다.

『어법집』에는 이렇게 전한다.

"그때 산신이 춤을 추고 노래하면서 '지리다도파智理多都波'라고 하였는데, '도파都波'는 대개 '지혜로 나라를 다스리는 사람이 미리 사태를 알고 많이 도망하여 도읍이 파괴될 것이라는 뜻'이라고 한다. 곧 지신과 산신은 나라가 앞으로 멸망할 것을 알았기 때문에 춤을 추어 경계한 것이다. 그런데도 나라 사람들은 깨닫지 못하고 오히려 좋은 징조라고 생각하여 술과 여색을 더욱 즐겨, 마침내 나라는 망하고 말았다."

---

* 어무상심(御舞祥審) | 상심(祥審 혹은 象審)은 산신(山神)의 음차표기인 것으로 생각된다.

진성여왕과 활 잘 쏘는 거타지

신라 제51대 진성여왕이 임금이 된 지 몇 해 지나지 않아, 유모 부호부인鳧好夫人과 남편 위홍魏弘 등 왕과 가까운 서너 명의 신하가 권력을 마음대로 휘둘러 정치는 어지럽고 도둑은 벌떼처럼 일어났다. 그러자 나라를 걱정하는 누군가가 이들을 비판하는 다라니* 은어를 지어 길에 던졌다. 내용은 이러하다.

> 나무망국 찰니나제 판니판니소판니 우우삼아간 부이사파가
> 南無亡國 刹尼那帝 判尼判尼蘇判尼 于于三阿干 鳧伊娑婆訶

이 은어를 해석한 사람이 말했다.

"찰니나제刹尼那帝란 여왕이요, 판니판니소판니判尼判尼蘇判尼는 두 사람의 소판인데 소판은 벼슬의 이름이다. 우우삼아간于于三阿干은 서너 명의 총애를 받는 신하이고, 부이鳧伊는 왕의 유모인 부호부인을 말한 것이다."

왕과 권세를 잡은 신하들은 자신을 비방하는 다라니 은어가 길에 뿌려지

---

* 상염무(霜髯舞) | '상염(霜髯)'은 흰 수염이니 하얗게 센 수염을 지닌 산신의 형상을 표현한 것으로 생각된다.
* 다라니(陀羅尼) | 범문(梵文)의 짧은 구절을 '진언(眞言)' 또는 '주(呪)'라고 하고 긴 구절로 된 것을 '다라니'라고 한다. 밀어(密語)라고도 하는데 비밀히 하는 뜻이 있다.

자 화를 내며 말했다.

"왕거인王居仁이 아니라면 누가 이런 글을 짓겠는가? 당장 그를 잡아 가두어라."

이들은 왕거인을 범인으로 지목하고 곧바로 옥에 가두었다. 왕거인은 옥에 갇힌 자신의 신세를 한탄하며 시를 지어 하늘에 자신의 억울함을 호소하였다. 그랬더니 곧 하늘에서 옥에 벼락을 내려 왕거인을 살아나게 해주었다.

다음은 진성여왕의 막내아들 양패良貝가 당나라 사신으로 갈 때의 일이다.

양패는 뱃길로 당나라에 가는데 마침 후백제의 해적들이 진도津島에서 뱃길을 막는다는 말을 듣고 특별히 활 잘 쏘는 사람 50명을 뽑아 데리고 갔다.

양패 일행이 탄 배가 곡도鵠島에 이르렀을 즈음 풍랑이 심하게 일었는데 열흘이 지나도록 가라앉을 줄을 몰랐다. 배가 열흘이 넘도록 꼼짝을 못하자 양패는 사람을 시켜 점을 치게 하였다.

"섬에 있는 신령스런 연못에 제사를 지내는 것이 좋겠습니다."

점을 친 관리가 이렇게 아뢰었다.

양패는 연못가에 제물들을 차려 놓고 정성껏 제사를 지냈다. 제사를 지내는데 연못의 물이 한 길이나 치솟았다.

그날 밤, 잠을 자는데 양패의 꿈에 한 노인이 나타나더니 이렇게 말했다.

"활 잘 쏘는 사람 하나를 섬 안에 남겨 두면 풍랑이 가라앉을 것이다."

양패는 꿈에서 깬 후, 주변 사람들에게 꿈 이야기를 하며 누구를 남기는 것이 좋을지를 물었다.

"나무 조각 50개에 저희 50명의 이름을 모두 써 물에 넣어봅시다. 자신의 이름이 적힌 나무 조각이 물에 가라앉는 사람이 섬에 남도록 합시다."

양패는 이 의견을 따르기로 하였다.

곧 50명의 이름을 쓴 나무 조각을 물에 넣으니 거타지의 이름을 쓴 나무 조각만이 물에 잠겼다. 결국 거타지만을 남겨 두고 나머지 일행은 모두 출발하였다. 배는 순풍을 만나 거침없이 잘 나갔다.

홀로 남은 거타지가 섬 주변을 둘러보는데 갑자기 한 노인이 못 속에서 나오더니 말했다.

"나는 서해의 신이오. 놀라지 말고 내 부탁을 좀 들어주오.

이 연못에는 매일 아침 해뜰 무렵, 하늘에서 중 한 사람이 내려온다오. 그는 다라니 주문을 외며 이 연못을 세 바퀴 도는데, 우리 부부와 자손들은 그가 주문을 외면 물 위로 떠오르게 된다오. 중은 그때를 노려 우리 자손들의 간을 빼어 먹소.

이제 모두 죽고 오직 우리 부부와 딸 하나만이 남았을 뿐인데, 내일 아침에 중이 다시 올 것이오. 제발 그때 중을 활로 좀 쏘아 주시오."

거타지가 말했다.

"활 쏘는 일이라면 자신 있습니다. 분부대로 하겠습니다."

노인은 고맙다는 인사를 하고 물속으로 들어갔다.

이튿날 거타지가 숨어서 중이 나타나기를 기다리는데 과연 해가 뜨자, 중이 하늘에서 내려왔다. 중은 주문을 외며 연못을 세 바퀴 돌았다. 그러자 서해신은 물 위로 떠올랐고, 중은 그 틈을 타 서해신의 간을 빼먹으려 하였다. 거타지는 중이 간을 빼먹으려는 바로 그 순간 힘껏 화살을 당겼다. 화살은 정확하게 중에게 명중하였다. 화살을 맞은 중은 이내 늙은 여우로 변하여 땅에 픽 쓰러지더니 죽었다.

죽을 위기를 간신히 넘긴 노인이 양패 앞으로 와 감사하며 말했다.

"그대의 은덕으로 내 생명을 보전하였구려. 뭐라 감사해야 할지 모르겠소. 보답으로 내 딸을 당신께 주려는데 받아 주시겠소?"

거타지가 기뻐하며 말했다.

"따님을 주신다니 감사할 따름입니다."

노인은 딸을 한 가지의 꽃으로 변하게 한 뒤, 거타지의 품속에 넣어 주었다. 그리고 두 마리 용에게 거타지의 배를 호위하여 당나라까지 모시고 가게 하였다.

신라의 배를 용 두 마리가 호위하고 오는 것을 본 당나라 사람들은 이 사실을 황제께 급히 전하였다. 당나라 황제는 신라 사신이 보통 사람이 아닐 거라 생각하고 잔치를 성대하게 베풀었다. 자리도 신하들 중에 제일 윗자리에 앉히고, 잔치가 끝난 뒤에는 금과 비단을 후하게 주었다.

다시 신라로 돌아온 거타지는 품에 넣어 둔 꽃가지를 꺼내어 여자로 변하게 한 후 그녀와 함께 살았다.

무왕과 선화공주의 사랑

백제 제30대 무왕의 이름은 장璋이다.

장은 과부 어머니가 서울 남쪽 못가에 집을 짓고 살 때 그 못의 용과 정을 통하여 낳았다고 한다. 어릴 적 이름은 서동薯童인데 어려서부터 생각이 깊고 도량이 넓었다. 항상 마를 캐다 팔아 번 돈으로 생계를 유지하였기 때문에 마을 사람들이 서동이라고 불렀다.

어느 날 서동은 우연히 신라 진평왕의 셋째 딸 선화공주가 매우 아름답다는 말을 전해 들었다. 그날부터 공주를 사모하는 마음을 품은 서동은 어떻게든 선화공주를 한 번 만나보리라 마음먹고 그 길로 머리를 깎고 바로 신라의 서울로 향하였다.

신라로 간 그는 가지고 간 마를 아이들에게 나누어 주며 아이들과 친해졌다. 아이들이 그를 믿고 따르게 되자 서동은 아이들에게 자신이 지은 노래를 가르쳐 주었다. 노래의 내용은 이런 것이었다.

선화공주님은

남몰래 결혼하여 두고,

서동 방으로

밤에 알을 안고 간다.

노래는 순식간에 서울에 가득 퍼져, 대궐까지 흘러 들어갔다. 노래를 들은 신하들은 선화공주의 바르지 못한 행실을 비난하며 임금에게 공주를 먼 곳으로 귀양 보내라고 건의하였다. 왕과 왕후는 어쩔 수 없이 그렇게 하기로 하였다. 왕후는 사랑하는 공주를 눈물로 떠나보내며 공주에게 순금 한 말을 싸주었다.

쫓겨난 공주가 귀양지를 향해 터벅터벅 발걸음을 옮기는데 난데없이 한 남자가 오더니 넙죽 절을 하며 말했다.

"제가 공주님을 모시고 가겠습니다."

공주는 그 남자가 어디서 왔는지 누구인지 전혀 몰랐지만 괜히 맘이 끌려 그와 동행하였다. 둘은 가면서 이런저런 이야기를 나누었다. 한참 이야기를 나누다 보니 그가 바로 아이들이 부른 노래 속의 주인공 서동임을 알게 되었다. 공주는 흠칫 놀라며 '아이들이 부른 동요가 정말 맞았구나.' 라고 생각하였다.

두 사람은 장래를 약속하고 함께 백제로 왔다.

공주는 어머니가 떠날 때 주신 금을 꺼내 놓고 앞으로 살아갈 계획을 세웠다. 그때 옆에 있던 서동이 금을 가리키며 물었다.

"이게 무엇이오?"

"이것은 황금입니다. 이제 우리는 이것만 있으면 백 년 동안은 아무 걱정 없이 풍족하게 살 수 있을 것입니다."

공주가 이렇게 말하자 서동이 크게 웃으며 말했다.

"내가 어릴 때 마를 캐던 곳에는 이런 황금이 흙덩이처럼 쌓여 있었소."

공주는 이 말에 깜짝 놀라 말했다.

"이것은 천하의 가장 큰 보물입니다. 당신이 정말 금이 있는 그곳을 아신다면 얼른 가 그것을 우리 부모님이 계신 궁궐로 보냅시다."

서동은 선선히 그러자고 하였다.

두 사람은 서동이 전에 마를 캐던 곳으로 가 금을 모았다. 다 모아 놓고 보니 금은 산더미처럼 쌓였다. 두 사람은 이제 이것을 신라 궁궐로 보낼 방법을 고민하였다. 하지만 뾰족한 수가 떠오르지 않았다. 두 사람은 용화산 사자사師子寺의 지명법사知命法師를 찾아가서 금을 보낼 방법을 여쭈었다.

지명법사는 이야기를 듣더니 말했다.

"내가 신통한 힘으로 금을 신라로 보내 줄 것이니 아무 걱정 말고 금이나 이리로 가져오게."

공주는 부모에게 쓴 편지 한 통과 금을 사자사 앞에 갖다 놓았다. 법사는 신통한 힘으로 하룻밤 사이에 그 금을 신라 궁중으로 옮겨 놓았다. 금을 받은 진평왕은 지명법사의 신비스러운 힘에 놀라 그를 더욱 존경하며 항상 편지를 보내어 안부를 물었다. 서동은 이 일로 나라 사람들의 마음을 얻어서 왕위에 올랐다.

어느 날 왕이 된 서동이 부인과 함께 사자사에 가는 길에 용화산 밑 큰 못가에 이르렀는데 미륵삼존이 갑자기 못에서 나타났다. 두 사람은 너무 놀라 얼른 수레를 멈추고, 미륵세존을 향해 절을 하였다. 부인이 왕에게 말했다.

"여기에다가 큰절을 세우는 것이 저의 소원입니다."

왕은 흔쾌히 부인의 청을 들어주었다. 왕은 곧 지명법사를 찾아가 어떻게 못을 메워야 할지를 여쭈었다.

법사는 이번에도 신비스러운 힘을 발휘하여 하룻밤 사이에 산을 허물고 못을 메워 평지를 만들어 주었다. 이곳에 미륵상 세 개를 만들고 회전會殿과 탑, 낭무廊廡를 각각 세 곳에 세우고 미륵사彌勒寺라고 하였다. 진평왕이 여러 장인을 보내어 미륵사 짓는 일을 돕게 하였다. 미륵사는 지금도 보존되어 있다.

수행이 높은 고승 이야기

구참공을 깨우쳐 준 혜숙스님

혜숙惠宿스님은 원래 화랑 호세랑의 무리였는데 호세랑이 화랑직을 그만두자 함께 나와서 승려가 되었다.

혜숙이 적선촌赤善村에 숨어 살며 불도를 닦을 때의 일이다. 하루는 우연히 길에서 사냥을 가는 구참공瞿旵公을 만났다. 혜숙은 구참공의 말고삐를 잡으며 부탁했다.

"사냥을 가시는군요. 저도 같이 가고 싶습니다. 따라가게 해주십시오."

구참공은 흔쾌히 허락하였다.

함께 적선촌 들로 나간 혜숙과 구참공은 사냥을 하며 즐거운 시간을 보냈다. 이리 뛰고 저리 뛰며 두 사람 모두 옷을 벗어부치고 사냥에 열중하였다. 한참을 지내다 보니 시장기가 돌았다. 그래서 두 사람은 잡은 고기를 구워 먹기로 하였다.

구참공이 한참 맛나게 고기를 먹는데 혜숙이 앞으로 나서며 이렇게 말했다.

"지금 공께서 드시는 고기보다 더 맛있고 싱싱한 고기가 여기 있는데 좀 더 드시는 것이 어떻겠습니까?"

구참공은 좋다고 하였다. 그러자 혜숙이 갑자기 품에서 칼을 꺼내어 들더니 자기의 다리 살을 뭉청 베어 소반에 올려 구참공께 바쳤다. 살이 베어져 나간 혜숙의 다리에서는 붉은 피가 줄줄 흘러 바지를 붉게 물들였다. 구참공이 너무 놀라 소리쳤다.

"아니, 이게 도대체 무슨 짓이오?"

그러자 혜숙이 말했다.

"저는 공을 매우 어진 사람이라고 생각하고 오늘 당신을 따라왔습니다. 그러나 오늘 공의 행동을 보니, 당신은 오직 죽이는 것만을 즐기는 사람이더군요. 짐승을 죽여 자기 몸만 봉양하니 당신을 어찌 어진 사람이나 군자라 할 수 있겠습니까? 당신은 우리의 무리가 아닙니다."

혜숙은 이렇게 말하고 나서 옷을 뿌리치며 가 버렸다. 구참공은 자신의 행동이 너무 부끄러워 고개를 들 수 없었다. 혜숙이 먹던 자리를 보니 소반의 고기가 하나도 없어지지 않은 채 그대로 있었다.

구참공은 조정에 돌아와 이 일을 임금께 아뢰었다. 진평왕은 감동하여 신하를 보내 혜숙을 얼른 궁으로 모셔 오게 하였다.

임금의 명을 받은 신하가 혜숙의 집에 찾아가 보니 뜻밖에도 혜숙은 여자와 함께 누워서 자고 있었다. 신하는 혜숙을 더럽게 여기고 그대로 발길을 돌렸다. 그런데 한 7, 8리쯤 갔을까. 길에서 혜숙을 만났다. 신하는 너무 이상하여 그에게 어디서 오는 길인지를 물었다.

"성안에 있는 시주 집에서 칠일재를 마치고 오는 길이오."

신하는 그저 어리둥절할 뿐이었다. 곧바로 궁에 들어가 혜숙의 말을 아뢰니 왕은 시주집에 사람을 보내어 그 말이 사실인지를 물었다. 그 일은 과연 사실이었다.

이런 일이 있은 지 얼마 안 되어 혜숙은 갑자기 세상을 떠났다. 마을 사람들은 그를 이현耳峴 동쪽에 장사 지내 주었다.

그때 마을 사람 하나가 이현 서쪽에서 오다가 길에서 혜숙을 만났다. 그는 혜숙에게 어디로 가는 길인지를 물었다. 혜숙은 웃으며 이렇게 답했다.

"이곳에 오랫동안 살았기에 이제 다른 지방으로 유람하러 갑니다."

두 사람은 서로 인사하고 헤어졌는데 반 리쯤 가다가 보니 혜숙이 구름을 타고 가는 것이 보였다.

마을에 들어와 보니 혜숙을 장사 지낸 사람들이 고개 동쪽에 아직 모여 있었다. 그는 사람들에게 자신이 오는 길에 혜숙을 만났다고 이야기하였다. 마을 사람들은 그럴 리가 있겠냐며 그의 말을 의심하였다. 마을 사람들은 옥신각신하다가 결국 혜숙의 무덤을 한번 헤쳐 보기로 하였다. 헤쳐 보니 무덤 속에 시체는 간데없고 짚신 한 짝만이 들어 있었다.

지금 안강현 북쪽에 혜숙사惠宿寺가 있는데 그곳이 곧 그가 살던 곳이라고 한다. 부도도 남아 있다.

삼태기를 지고 다닌 혜공스님

혜공惠空스님은 천진공天眞公의 집에서 일하는 노파의 아들로, 어릴 때 이름이 우조憂助였다.

우조가 일곱 살이던 어느 날 일이다. 집주인 천진공이 종기를 앓아 거의 죽을 지경이 되어 날마다 문병하는 사람들이 집에 줄을 이었다. 이를 본 우조가 어머니께 여쭈었다.

"집에 무슨 일이 있기에 이렇게 손님이 많이 옵니까?"

"천진공께서 나쁜 병에 걸려 목숨이 위험한 지경에 이르렀단다. 그래서 사람들이 문병을 온 것이란다."

그러자 우조가 말했다.

"제가 공의 병을 고쳐 보겠습니다."

우조의 어머니는 어린 아들의 말이지만 가볍게 여기지 않고 천진공께 전하였다. 공은 반신반의하면서 그를 불러 병을 고쳐 보게 하였다.

우조는 천진공의 방에 들어가 말 한마디 하지 않고 침상 밑에 앉아 한참을 그대로 있었다. 시간이 얼마나 지났을까. 갑자기 종기가 터지더니 천진공의 병이 바로 나았다. 천진공은 속으로는 조금 놀랐지만 '우연히 나은 거겠지' 생각하며 우조의 능력을 대수롭지 않게 지나쳐 버렸다.

우조가 조금 자랐을 때의 일이다.

우조는 천진공을 위해서 매를 길렀는데, 매는 천진공의 마음에 꼭 들어

공이 무척 애지중지하였다. 그런데 천진공의 동생이 벼슬을 얻어 지방으로 부임하면서 그만 매를 가지고 임지로 가 버렸다. 천진공은 아쉬운 마음을 달래며 지냈는데, 하룻밤은 유독 매 생각이 간절하여 참을 수가 없었다. 공은 날만 밝으면 우조를 얼른 동생에게 보내어 매를 가져오게 하리라 마음먹고 잠을 청하였다.

그런데 다음 날 아침 일찍 일어나 보니 우조가 벌써 매를 가지고 와서 공께 바치는 것이 아닌가. 천진공은 우조가 미리 자신의 생각을 읽고 행동으로 옮긴 데 대한 놀라움을 금할 길이 없었다. 그리고 전에 우조가 자신의 종기를 고쳐 준 것이 결코 우연이 아니었음을 깨달았다.

천진공은 우조 앞에 엎드려 말했다.

"제가 지극한 성인이 집에 온 것도 모르고, 미친 말과 예의에 벗어난 행동으로 욕을 보였으니 어찌 제 잘못을 용서받을 수 있겠습니까? 이제부터는 스승이 되어 저를 인도해 주십시오."

우조는 신비하고 남다른 능력이 드러나자 출가를 결심하고 승려가 되어 이름을 혜공惠空이라고 하였다.

혜공은 항상 조그만 절에 살면서 매일 미친 듯이 술에 취해서 삼태기를 지고 거리를 돌아다니며 노래하고 춤을 추었다. 그래서 사람들은 그를 부궤화상負簣和尙이라고 불렀다. 그가 있는 절은 부개사夫蓋寺라고 하였다. 우리

말로 삼태기를 뜻한다.

  그는 절의 우물 속에 들어가서 몇 달씩 나오지 않기도 하였는데 이 때문에 사람들이 그의 이름을 따서 우물 이름을 지었다. 그가 우물 속에서 나올 때면 푸른 옷을 입은 아이가 항상 먼저 솟아나왔다. 때문에 절의 승려들은 이것을 조짐으로 삼았다. 혜공은 우물 속에서 나왔지만 옷이 젖어 있는 법이 없었다.

혜공은 만년에 항사사恒沙寺에 머물렀다. 원효는 불경의 뜻을 풀다가 잘 모르는 부분이 나오면 언제든 혜공에게 와서 물었다. 둘은 서로 장난을 즐겼다.
어느 날 두 사람은 시내를 따라가면서 물고기와 새우를 잡아먹고는 돌 위에다 대변을 보았다. 혜공은 그것을 가리키면서 농담을 하였다.
"그대가 눈 똥은 내가 잡은 물고기야."
이 일이 있은 후 이곳의 절을 오어사吾魚寺라 이름 붙였다.

이 밖에도 혜공과 관련한 신이한 일이 많은데 다음의 일화도 그런 것이다.
구참공이 어느 날 산에 놀러 갔다가 혜공이 산길에 죽어 쓰러져 있는 것을 보았다. 시체는 부어 터졌고 살은 썩어 구더기가 우글거렸다. 구참공은 너무 슬퍼 한참을 탄식하다가 말고삐를 돌려 성으로 돌아왔다. 그런데 오다 보니 놀랍게도 혜공이 술에 몹시 취해 시장 안을 돌아다니며 여전히 노래하고 춤추고 있었다.

이런 일도 있었다.
어느 날 혜공이 풀로 새끼를 꼬아 영묘사靈廟寺에 들어오더니 금당과 좌우의 경루 그리고 남문의 회랑 둘레를 묶고는, 관리에게 3일 뒤에 새끼를 풀도록 단단히 일렀다. 관리는 이상했지만 분부대로 하였다.

  3일 뒤에 선덕왕이 이 절에 행차했는데, 지귀志鬼의 마음속에서 불이 나와 탑을 불태웠다.* 하지만 혜공이 새끼로 묶은 곳만은 불이 닿지 않아 화재를 면하였다.

  다음은 명랑明朗스님이 새로 금강사金剛寺를 세우고 낙성회를 열 때의 일이다.

  여러 고승이 다 모였는데 유독 혜공만 오지 않았다. 명랑스님은 향을 피우며 정성껏 기도를 드렸다. 그랬더니 조금 뒤에 혜공이 왔다. 비가 많이 내리는데도 혜공의 옷은 젖지 않았으며, 발에도 진흙이 묻어 있지 않았다.

  혜공이 웃으며 명랑에게 말했다.

  "그대가 너무도 은근하게 초청하기에 왔소이다."

  이와 같이 혜공에게는 신령스러운 자취가 매우 많았다. 죽을 때는 공중에 떠서 세상을 마쳤는데 사리는 그 수를 셀 수 없을 만큼 많았다고 한다.

---

* 3일 뒤에~불태웠다. | 지귀는 「신라수이전」에 선덕여왕을 사모하다가 죽어서 화귀(火鬼)가 되었다는 사람이다. 지귀는 선덕여왕을 마음속 깊이 사모하였다. 하루는 여왕이 절에 불공을 드리러 온다는 이야기를 듣고 기쁜 마음으로 여왕을 기다렸다. 그런데 그가 기다리다 지쳐 절간 탑 밑에서 잠깐 잠이 든 사이에 여왕이 방문하였다. 여왕은 잠든 지귀에게 다가가 그녀의 팔찌를 빼어 주고 왕궁으로 돌아왔다. 잠에서 깨어난 지귀는 잠든 사이에 여왕이 다녀갔음을 듣고 안타깝고 분한 마음을 이기지 못하였다. 결국 그의 마음에서 나온 불은 탑을 불태웠고 그 자신은 마침내 화귀(火鬼)로 변하고 말았다.

얽매임이 없었던 원효스님

원효元曉스님이 출가하기 전의 성은 설씨薛氏다. 할아버지는 잉피공仍皮公이며 아버지는 담날내말談捺乃末이다. 원효는 압량군 남쪽, 불지촌 북쪽 율곡의 사라수娑羅樹 밑에서 태어났다. 마을 이름은 불지佛地인데 발지촌發智村이라고도 하였다.

사라수에 대해서는 다음과 같은 말이 민간에 전한다.

원효의 집은 본래 이 골짜기 서남쪽에 있었는데 그의 어머니가 만삭의 몸으로 마침 골짜기에 있는 밤나무 아래를 지나다가 갑자기 산통을 느꼈다. 너무 갑작스레 닥친 산통에 미처 집에 돌아가지 못하고 나뭇가지에 남편의 옷을 대충 걸어 놓고 그 속에서 아이를 낳았다. 이 나무를 사라수라고 한다.*

율곡栗谷에 대해서는 다음과 같은 말이 전한다.

옛적에 절을 주관하는 사람이 절의 종 한 사람에게 하루저녁 끼니로 밤 두 알씩을 주었다. 그런데 종은 이것이 너무 적다고 관청에 호소하였다. 관리는 정말 그런지 알아보려고 밤을 가져다가 조사해 보았다. 그랬더니 밤 한 알이 바리 하나에 가득 찼다. 관리는 두 알도 많으니 이제부터는 한 알씩만 주라고 판결하였다. 이런 이유로 밤나무가 있는 골짜기를 율곡이라 불렀다고 한다.

원효는 출가한 뒤에 자신의 집을 바쳐 절로 삼고 초개사初開寺라고 하였다. 사라수 곁에도 절을 세워 사라사娑羅寺라고 하였다.

원효의 어릴 적 이름은 서당誓幢인데 집에서는 신당新幢이라고 불렀다. 원효의 어머니는 유성이 품속으로 들어오는 태몽을 꾸고 원효를 가졌으며, 원효를 낳을 때는 오색구름이 땅을 덮는 신기를 경험하였다고 한다. 원효는 태어날 때부터 총명하고 영리하여 스승에게 배울 것이 없었다.

원효는 사는 방식이나 행동이 남달랐다. 그는 거리를 다니며 큰소리로 노래를 불렀는데 가사는 이러했다.

* 원효의 집은~한다. | 원효의 출생은 사라쌍수 아래에서 태어난 부처의 탄생과 비슷하다.

누가 자루 없는 도끼를 내게 빌려 주려나.
나는 하늘을 떠받칠 기둥을 찍으리.

　사람들은 이 노래가 무슨 뜻을 담고 있는지 몰랐다. 하지만 오직 한 사람, 왕만은 노래의 의미를 알아차렸다.
　"원효대사가 귀한 부인을 얻어 훌륭한 아들을 낳고자 하는구나. 나라에 훌륭한 인재가 난다면 이보다 더 좋은 일이 없을 테지."
　때마침 요석궁瑤石宮에 과부 공주가 살았는데, 왕은 공주를 원효의 짝으로 점찍었다. 왕은 관리에게 명하여 원효를 공주가 사는 요석궁으로 데려가게 하였다.
　왕의 명을 받은 관리는 원효를 찾아다니다 남산 아래에서 문천교文川橋를 지나는 원효를 만났다. 그는 일부러 원효를 밀어 다리 아래 물에 떨어뜨리고는 흠뻑 젖은 옷을 말리자는 구실을 대며 원효를 요석궁으로 데려갔다.
　원효는 그곳에 머물며 요석공주와 가까워졌다. 얼마 후, 요석공주는 원효의 아이를 갖게 되었다. 이렇게 낳은 아이가 바로 설총薛聰이다.
　원효는 파계하여 설총을 낳은 뒤에 승복을 벗고 세속 사람들과 같은 옷차림을 하고 다니며 스스로를 소성거사小姓居士라고 하였다. 어느 날 길을 가다가 우연히 광대들이 가지고 노는 큰 박을 본 원효는 그 모양을 본 따 도구를 만들었다. 그리고 『화엄경華嚴經』에 있는 "아무것에도 얽매이지 않은 사람은 한 길로 생사를 벗어난다."는 문구를 따 그 도구의 이름을 무애無碍라 하고, '무애가'를 지어 세상에 퍼뜨렸다. 원효는 이 도구를 가지고 수많은 마을을 돌아다니며 노래하고 춤추면서 사람들을 교화하였다. 덕분에 가난하고 무지몽매한 사람들이 모두 부처의 이름을 알고, 나무아미타불을 부르게 되었다. 원효의 교화가 얼마나 컸는지 알 수 있다.

'원효'라는 이름에는 '부처님의 날을 처음 빛나게 하였다.'는 의미가 담겨 있는데, 당시 사람들은 모두 그를 '새벽'이라고 불렀다.

원효가 세상을 떠난 뒤에는 아들 설총이 유해遺骸를 부수어 그의 형상을 빚어 분황사에 모셨다. 이것은 생을 마칠 때까지 아버지를 공경하고 사모하겠다는 뜻을 드러낸 것이다.

구름을 타고 다닌 낭지스님

삽량주歃良州 아곡현阿曲縣의 영취산에 스님이 살았다. 암자에 수십 년이나 살았지만 고을 사람 누구도 그가 어떤 사람인지 잘 알지 못하였다. 스님도 자신의 성명을 말한 적이 없었다. 그는 항상 『법화경法華經』을 강론하였으며, 신통력이 있다고 알려져 있었다.

한편 지통智通이란 스님은 본래 이량공伊亮公 집의 종이었는데 일곱 살에 출가하였다. 이때 까마귀 한 마리가 지통에게 오더니 울면서 이렇게 말했다.

"영취산靈鷲山에 가서 낭지朗智의 제자가 되어라."

지통은 까마귀가 말한 대로 영취산으로 들어가 낭지스님을 찾아 다녔다. 그러다 잠시 골짜기 안쪽 나무 밑에서 쉬는데 어떤 사람이 오더니 지통에게 말했다.

"나는 보현보살인데 너에게 계를 주려고 왔다."

보현보살은 계를 주고 사라졌다. 계를 받고 난 지통은 정신이 맑아지고 지혜가 통달해짐을 느꼈다.

지통은 다시 길을 가다가 길에서 한 스님을 만나 그에게 낭지스님의 처소를 물었다. 그는 대답은 하지 않고 어째서 낭지를 찾느냐고 물었다. 지통은 신기한 까마귀가 시킨 일이라고 하였다. 그러자 스님은 빙그레 웃으면서 말했다.

"내가 바로 낭지다. 지금 집 앞에 까마귀가 와서 알리기를, 거룩한 아이가 스님에게로 올 것이니 빨리 나가서 영접하라고 해서 너를 맞으러 온 것이다. 신령스런 까마귀가 너를 깨우쳐 내게 오게 하고, 내게 알려서 너를 맞이하게 하니 아마 산신령이 도와주시는 것인가 보구나. 전하는 말로는 이 산의 주인은 변재천녀*라고 한다."

지통은 감동하여 눈물을 흘리며 낭지스님께 귀의하였다.

낭지가 지통에게 계를 주려하니 지통이 말했다.

"오다가 저 동구 나무 밑에서 이미 보현보살께 계를 받았습니다."

낭지는 감탄했다.

"잘했구나. 네가 직접 보살의 계를 받았으니 오히려 내가 너에게 못 미치는구나."

낭지는 말을 마치고는 도리어 지통에게 예를 갖추었다. 이로 인해서 그 나무를 보현수普賢樹라고 하였다.

지통이 낭지에게 여쭈었다.

"법사께서 여기에 거주하신 지 얼마나 되었습니까?"

그러자 낭지가 말했다.

"법흥왕 때 처음으로 여기에 와서 살았는데 지금 얼마나 되었는지 모르겠다."

---

* 변재천녀(辯才天女) | 음악을 맡은 여신으로 걸림 없는 변재를 가져 불법을 유포하고, 재복(財福)과 수명과 지혜를 주는 신이다.

　　지통이 이 산에 온 것이 문무왕 즉위 원년(661년)이니, 계산해 보면 135년이나 된다. 지통은 뒤에 불교의 오묘한 이치를 깨닫고 의상義湘의 처소에 가서 불교의 교화에 이바지하였다. 바로 『추동기錐洞記』의 작자이다.

　　낭지스님은 항상 구름을 타고 중국 청량산淸凉山으로 가서 신도들과 함께 강의를 듣고 돌아왔다. 그곳 승려들은 그를 이웃 사람 정도로 여기고, 사는 곳을 묻지 않았다.
　　그러던 어느 날이었다. 여러 승려에게 과제가 내려졌다.
　　"이 절에 거주하는 자를 제외하고 다른 절에서 온 승려들은 모두 자신이 사는 곳의 이름난 꽃과 기이한 식물들을 가져다가 도량에 바쳐라."
　　낭지는 이튿날 산속에서 기이한 나뭇가지 하나를 꺾어 가 바쳤다. 그러자 승려들이 짐짓 놀라며 말했다.
　　"이 나무는 범명梵名으로 '달리가'라 하고 여기서는 '혁赫'이라 한다. 오직 서천축과 해동의 두 영취산에서만 나는 것인데 모두 보살이 사는 곳이다. 이 나무를 가져온 사람은 반드시 성스러운 사람일 것이다."

 이렇게 말하고 나서 낭지의 행색을 찬찬히 살펴보니 해동 영취산에 사는 인물임에 틀림없었다. 사람들은 이제 낭지를 달리 보았고, 낭지의 이름도 안팎으로 드러났다. 나라 사람들이 그 암자를 혁목암赫木庵이라고 불렀는데 지금 혁목사赫木寺 북쪽 산등성이에 옛 절터가 있다.

부처님의 간자를 받은 심지스님

심지心地스님은 신라 제41대 헌덕대왕憲德大王 김씨의 아들이다. 태어나면서부터 효성과 우애가 깊었으며 타고난 성품이 맑고 지혜로웠다. 그는 열다섯 살에 머리를 깎고 출가하여 불도에 정진하였다.

심지가 중악中岳에 거처하며 열심히 수도 정진하던 때의 일이다.

심지는 속리산의 영심永深스님이 진표율사眞表律師가 지니고 있던 부처님의 뼈로 만든 간자佛骨簡子를 전해 받은 기념으로 법회를 성대하게 연다는 말을 듣고 그곳에 찾아갔다. 그러나 그가 갔을 때는 이미 법회가 시작된 뒤여서 안으로 들어갈 수가 없었다. 심지는 하는 수 없이 땅바닥에 앉아 마당을 치면서 신도들을 따라 예배하고 참회하였다.

그렇게 한 지 이레가 되었을 무렵 그곳에 눈이 많이 내렸다. 하지만 어찌 된 일인지 심지가 서 있는 사방 열 자가량은 눈이 전혀 내리지 않았다. 주변 사람들이 그 신기한 광경을 보고 얼른 심지를 법당 위로 오르라고 하였다. 하지만 심지는 굳이 사양하였다. 그는 병이 있다는 거짓 핑계를 대며 방 안에 물러앉아서 그저 당을 향해 조용히 예배할 뿐이었다. 지장보살이 매일 와서 그를 위문하였다.

법회가 끝나고 심지가 중악으로 돌아가려고 걸음을 재촉하는데 문득 자신의 옷깃 사이에 간자簡子 두 개가 끼어 있는 것이 보였다. 그는 너무 놀라 그 길로 영심스님께 가서 이 사실을 아뢰었다. 그러자 스님이 말했다.

"간자는 함 속에 간직해 두었네. 그럴 리가 있는가?"

조사해 보니 함은 봉해 둔대로 있었지만 그 안에 두었던 간자는 온데간데 없었다. 영심은 '별 일도 다 있지'라고 생각하며 다시 간자를 겹겹이 싸서 함 속에 잘 간직하였다.

심지가 다시 길을 가는데 문득 보니 간자가 또 지난번처럼 옷깃 사이에 끼어 있었다. 너무 놀라 영심에게 돌아와 이 일을 고하니 영심이 말했다.

"부처님의 뜻이 그대에게 있으니 그대는 받들어 행하도록 하게."

영심은 간자를 심지에게 주었다.

심지는 이것을 받아 머리에 이고 중악으로 들어갔다.

중악으로 들어가니 중악의 신이 신선 아이 둘을 데리고 나와 산꼭대기에서 심지를 공손히 맞이하였다. 신은 그를 인도하여 바위 위로 데려가더니 그곳에 앉히고 자신은 바위 밑으로 돌아가 엎드리며 공손히 계를 받았다. 이때 심지가 말했다.

"이제 땅을 가려서 부처님과 간자를 모시려는데, 이것은 우리가 함부로 정할 일이 못되오. 우리 셋이 함께 높은 곳에 올라가 자를 던져 자리를 점치도록 합시다."

심지는 신들과 함께 산마루로 올라가서 서쪽을 향하여 간자를 던졌다. 간자는 바람을 타고 날아갔다. 이때 신이 노래를 지어 불렀다.

막혔던 바위 멀리 물러가니 숫돌처럼 평평하고,

낙엽이 날아 흩어지니 앞길이 훤해지네.
부처의 뼈로 만든 간자를 찾아 얻어서,
깨끗한 곳에 모셔 두고 정성 드리려 하네.

노래를 마치고 간자를 찾아보니 간자는 숲 속 샘에 있었다. 간자를 찾은 그 자리에 당堂을 짓고 간자를 소중히 모셔 두었다. 지금 동화사桐華寺 첨당籤堂 북쪽에 있는 작은 우물이 이것이다.

중국에서 유학하고 온 원광스님

「수이전殊異傳」의 원광법사전에는 이런 이야기가 전한다.

원광법사는 경주 사람이며, 출가하기 전의 성은 설씨薛氏였다. 처음 승려가 되어 불법을 배울 무렵 삼기산三岐山에서 4년 남짓을 홀로 살며 도를 닦았는데 원광의 거처에서 그리 멀지 않은 곳에 승려 하나가 따로 절을 짓고 살았다. 그는 강하고 용맹스러우며 주술을 좋아하였다.

하루는 원광이 밤에 홀로 앉아서 불경을 외는데 갑자기 신령스런 목소리가 그의 이름을 부르더니 이렇게 말했다.

"수행하는 자가 아무리 많아도 법대로 하는 이는 드문데 그대의 수행은 참 대단하오. 지금 이웃 승려는 주술을 빨리 익히려 하지만, 얻는 것은 별로 없고, 시끄러운 소리만 내어 남의 정념을 방해하기만 할 뿐이오. 또 그가 사는 곳은 내가 다니는 길 가운데에 있어 큰 방해가 되오. 지나다닐 때마다 미운 생각이 절로 나니, 법사가 나를 위해서 그 사람에게 다른 곳으로 옮기라고 말을 좀 해주시오. 만일 오랫동안 거기에 머무른다면 내가 어떤 일을 저지를지 모르오."

다음 날 원광은 이웃 승려의 거처에 직접 찾아가 말했다.

"내가 어젯밤 신의 말을 들었는데 스님은 다른 곳으로 옮기시는 것이 좋을 것 같습니다. 그렇지 않으면 재앙이 있을 것이오."

그러자 그는 오히려 원광을 나무랐다.

"수행이 지극한 사람이 어찌 마귀에 현혹된 것입니까? 법사는 어찌 여우 귀신의 말을 듣고 쓸데없는 근심을 하시는 것이오?"

원광은 너무 무안하여 아무 말도 못하고 그냥 돌아왔다.

그날 밤 신이 또 오더니 원광에게 물었다.

"전에 내가 한 말을 승려에게 전하셨습니까? 그가 무어라 합디까?"

원광은 신이 노여워할까 두려워 사실대로 대답을 못했다.

"아직 말하지 않았습니다. 하지만 말을 한다면 그가 어찌 듣지 않겠습니까?"

그러자 신이 짐짓 노여움을 띤 목소리로 말했다.

"내가 이미 다 들었는데 법사는 왜 거짓말을 하시오? 그대는 잠자코 내가 어떻게 하는지 두고 보시오."

신은 말을 마치더니 곧 사라졌다.

한밤중에 벼락과 같은 소리가 났다.

원광은 너무 무섭고 걱정스러워, 날이 새자마자 바로 그의 처소로 달려가 보았다. 산은 무너져 있고, 그가 살던 절은 산더미에 묻혀 흔적도 찾아 볼 수 없었다.

그날 밤 신이 다시 와서 말했다.

"법사가 보니 어떻던가요?"

"몹시 놀라고 두려웠습니다."

원광이 떨며 말하자 신은 말을 이어나갔다.

"나는 나이가 거의 3,000세며 술법의 경지도 무척 높으오. 그런 일쯤은 놀랄 일도 아니지요. 나는 장래의 일을 모르는 것이 없고, 온 천하의 일도 통달하지 못하는 것이 없소. 한데, 내가 생각을 해 보니 법사가 오직 이곳에만 있는 것은 너무 안타까운 일이오. 여기에 있는 것이 비록 당신 몸을 이롭게 할지는 모르겠지만 남을 이롭게 하는 공로는 없는 것이 아니오? 지금 당신의 이름을 드날리지 않는다면 미래에 좋은 결과를 얻지 못할 것이오. 그러니 불법을 더 익혀 이 나라의 모든 어둡고 미혹한 중생들을 지도하는 것이 어떻겠소?"

"중국에 가서 도를 배우는 것은 저의 오랜 소원입니다. 하지만 바다와 육지가 멀리 막혀 있어 가지 못할 뿐입니다."

그러자 신은 원광에게 중국 가는 데 필요한 일들을 자세히 알려 주었다.

원광은 신의 도움으로 드디어 중국으로 가게 되었다. 그는 그곳에서 11년을 머무르면서 삼장*과 유교儒教의 학술까지 폭넓게 공부하고, 진평왕 22년에 중국에 와 있던 사신을 따라서 신라로 돌아왔다.

고국으로 돌아온 원광은 자신에게 많은 도움을 준 신에게 감사를 드리려고 전에 살던 삼기산의 절로 향하였다. 그날 밤 그곳에 머무르는데 밤중에 신이 와서 법사의 이름을 부르며 말했다.

---

* 삼장(三藏) | 불교의 경전을 경장(經藏)·율장(律藏)·논장(論藏) 세 종류로 분류한 것을 말한다.

"바다와 육지의 먼 길을 어떻게 다녀왔소?"

"신의 큰 은혜로 편히 다녀왔습니다."

원광은 신에게 감사의 마음을 전하였다. 그리고 두 사람은 윤회하는 세상에서 서로를 구제할 것을 굳게 약속하였다.

"신의 참 얼굴을 볼 수가 있습니까?"

원광이 용기를 내어 신에게 물었다.

"법사가 만일 내 모습을 보길 원하거든 내일 아침 동쪽 하늘가를 바라보시오."

신은 말을 마치고 사라졌다. 원광은 신이 시키는 대로 다음 날 아침 동쪽 하늘을 바라보았다. 큰 팔뚝이 구름을 뚫고 하늘가에 닿아 있었다. 그날 밤에 신이 또 와서 말했다.

"그래, 법사는 내 팔뚝을 보았소?"

"예. 보았는데 매우 기이하고 이상했습니다."

"비록 이 몸이 있다 하더라도 무상함에서 벗어날 수는 없는 것이오. 내 얼마 뒤에 그 고개에 몸을 버릴 것이니 법사는 거기에 와서 내 영혼을 보내 주시오."

신은 말을 마치고 다시 사라졌다.

드디어 신과 약속한 날이 되었다. 원광은 서둘러 고개에 가 보았다. 하지만 고개에는 아무도 없고 단지 웬 늙은 여우 한 마리가 숨도 제대로 쉬지 못한 채 누워 헐떡거리다가 숨을 거두었다.

다음은 『삼국사三國史』「열전列傳」에 전하는 이야기다.

옛날에 귀산貴山이라는 어진 선비가 같은 마을의 추항箒項이라는 사람과 매우 친하였다. 이들은 어느 날 서로 의논하며 말했다.

"우리가 사군자士君子와 사귀려면 먼저 마음을 바르게 하여야 할 것 아닌가? 그러니 어진 사람을 찾아가서 바른 도를 물어보세."

이때 원광법사가 수나라에서 돌아와 가슬갑嘉瑟岬에 살았는데 이들은 원광을 찾아가 가르침을 부탁했다.

"저희는 어리석어서 아는 것이 없습니다. 평생의 경계가 될 가르침을 주십시오."

원광이 말했다.

"불교에는 보살이 지켜야 하는 계율이 있네. 첫째는 임금을 충성으로 섬기는 일이요, 둘째는 부모를 효도로 섬기는 일이요, 셋째는 벗을 신의信義로 사귀는 일이요, 넷째는 싸움터에 나가서는 물러서지 않는 일이요, 다섯째는 산 물건을 죽일 때는 가려서 하는 일이라네. 자네들은 이 일을 소홀함 없이 실행하도록 하게."

귀산과 추항이 다시 여쭈었다.

"다른 일은 모두 알아듣겠습니다만, '산 물건을 죽일 때 가려서 한다.'는 말은 무슨 의미인지 잘 모르겠습니다."

원광은 좀더 친절히 말해 주었다.

"육재일*과 봄·여름에는 산 물건을 죽이지 않는 것이니 이는 때를 가리는 것이네. 말·소·개 등의 가축과 한 점의 미물도 죽이지 않는 것이니 이는 물건을 가리는 것이네. 죽일 수 있는 것도 쓸 만큼만 죽이고, 많이 죽이지 말라는 것이니 이것이 바로 세속에서 경계해야 할 가르침이네."

귀산과 추항이 말했다.

"지금부터 이 말대로 실천하며 절대 어기지 않겠습니다."

그 뒤에 두 사람은 전쟁에 나가서 국가에 큰 공을 세웠다.

원광은 천성이 욕심이 없고 맑은 것을 좋아하였다. 말할 때는 언제나 웃음을 머금고, 얼굴에 노여워하는 빛이 없었다. 나이가 들어서는 수레를 타고 대궐에 출입하였는데, 그 당시 덕 있는 선비들 중에 그보다 뛰어난 사람은 없었다. 또 그의 풍부한 문장은 당대 최고였다. 원광은 80세의 나이로 세상을 떠났는데 삼기산 금곡사金谷寺에 그의 부도가 있다.

---

* 육재일(六齋日) | 재가(齋家)의 사람이 몸과 마음을 깨끗하게 하고 팔재계(八齋戒)를 지키고 좋은 일을 행하는 날로 매월 8, 14, 15, 23, 29, 30의 6일이다.

용을 쫓아낸 혜통스님

혜통惠通스님이 출가하기 전의 일이다.

하루는 혜통이 집 동쪽 시내에서 놀다가 수달 한 마리를 죽인 뒤 그 뼈를 동산에 버렸다. 이튿날 새벽 그 동산에 다시 가 보았더니 뼈는 없고 바닥에 웬 핏자국이 떨어져 있었다. 혜통은 이상한 생각이 들어 핏자국을 따라가 보았다. 그랬더니 놀랍게도 어제 죽인 수달의 뼈가 전에 살던 굴에 들어가 새끼 다섯 마리를 안고 쭈그리고 있는 것이 아닌가! 혜통은 너무 놀라 한참 그 광경을 바라보다가 큰 깨달음을 얻었다. 마침내 속세를 버리고 중이 되어 이름을 혜통이라고 하였다.

혜통은 먼저 당나라에 가서 무외삼장無畏三藏을 뵙고 배우기를 청하였다. 하지만 삼장은 딱 잘라 말했다.

"변방 오랑캐 땅 사람이 어떻게 불법을 배우겠다는 것인가?"

혜통은 포기하지 않고 3년 동안이나 부지런히 그를 섬겼다. 하지만 삼장은 가르침을 허락하지 않았다. 혜통은 너무 분하고 애가 탄 나머지 불동이를 머리에 이고 뜰에 서 있었다. 조금 있으니 정수리가 터지는데 그 소리가 마치 천둥소리 같았다.

무외삼장은 이 소리를 듣고 달려와 혜통의 머리에 놓인 불동이를 치우고 손가락으로 터진 곳을 만져 주었다. 그리고 주문을 외우니 상처가 곧 아물었다. 그러나 정수리에 왕자王字 무늬의 흉터가 남았다. 그래서 사람들이 그를 왕화상王和尙이라고 불렀다.

이즈음 당나라 황실에서는 공주가 병을 심하게 앓았다. 고종은 명망 있는 스님인 삼장에게 공주의 치료를 부탁하였다. 삼장은 자기 대신 혜통을 추천하였다. 혜통은 공주의 병을 치료하기 위해 궁으로 들어갔다.

그는 우선 흰 콩 한 말을 은그릇에 담고 주문을 외었다. 콩은 흰 갑옷 입은 병사로 변하여 병마病魔를 쫓았다. 하지만 역부족이었다. 혜통은 다시 검은 콩 한 말을 금그릇에 넣고 주문을 외었다. 이번에는 콩이 검은 갑옷 입은 병사로 변하였다. 흰빛과 검은빛, 두 빛의 병사가 힘을 합쳐 병마를 쫓으니 갑자기 병마는 이무기로 변해 달아나 버렸다. 그 뒤, 공주의 병은 씻은 듯 나았다.

용은 자기를 쫓은 혜통에게 원한을 품고 신라 문잉림文仍林에 와서 사람들을 많이 해쳤다. 당시 정공鄭恭이라는 사람이 당나라에 사신으로 와 있었는데 혜통을 보더니 말했다.

"스님이 쫓아낸 독룡이 신라에 와서 엄청나게 해악을 부리고 다닙니다. 어서 빨리 가서 그 용을 좀 없애 주십시오."

혜통은 정공과 함께 신라로 돌아와 독룡을 쫓아 버렸다.

독룡은 자신을 쫓은 정공을 원망하며 버드나무로 변하여 정씨의 문밖에 우뚝 서 있었다. 정공은 그것이 독룡인지 짐작도 못하고 다만 잎이 무성한 것이 좋아 무척 아끼고 사랑하였다.

그즈음 신문왕이 죽고 효소왕이 즉위하였다. 효소왕은 죽은 신문왕의 묘를 만들고 장사 지내는 길을 닦는 공사를 추진하였다. 그런데 정씨 집 버드나무가 길을 떡 가로막아 공사에 방해가 되었다. 왕은 그 나무를 베라고 관리들에게 명령하였다. 관리가 정공의 집 앞에 와 버드나무를 베려고 하자 정공이 화를 내었다.

"차라리 내 머리를 벨지언정 이 나무는 절대 못 벤다."

관리가 정공의 말을 왕께 아뢰니 왕은 몹시 화가 나 법관에게 명령했다.

"정공이 왕화상의 신비한 술법만을 믿고 불손한 일을 하려고 왕의 명령도 업신여기고 거역하는구나. 차라리 제 머리를 베라고 하니 그가 원하는 대로 목을 베어 주거라."

이렇게 하여 정공은 죽임을 당했다.

사람들은 그를 베어 죽이고 다시 조정에 모여 의논했다.

"왕화상은 정공과 매우 친한 사람입니다. 반드시 정공과 연루되어 있을 것이니 이번 기회에 왕화상도 없애 버립시다."

왕은 갑옷 입은 병사들을 보내어 왕화상을 잡아오게 하였다.

이때 혜통은 왕망사王望寺에 머물렀는데, 갑자기 갑옷 입은 병사들이 들이닥치자 그 길로 사기 병과 붉은 먹을 찍을 붓을 가지고 지붕으로 올라갔다. 혜통은 다가오는 병사들에게 소리쳤다.

"내가 하는 것을 보아라."

혜통은 소리치며 병의 목에다 줄을 확 그었다. 그리고 다시 병사들에게 외쳤다.
"자, 이제 너희의 목을 보아라."
병사들의 목에는 모두 붉은 줄이 그어져 있었다.
"내가 만일 이 병의 목을 자르면 너희의 목도 잘릴 것이다. 어찌하려느냐?"
병사들은 두려워 벌벌 떨며 그대로 줄달음질하여 궁으로 돌아갔다. 붉은 획이 그어진 목을 왕께 보이니 왕이 말했다.
"왕화상의 신통력을 어찌 사람의 힘으로 막을 수 있겠느냐?"
왕은 혜통을 그냥 내버려두게 하였다.
얼마 지나지 않아 공주가 갑자기 심한 병이 들어 목숨이 위태로운 지경에 이르렀다. 왕은 너무 다급하여 황급히 혜통을 불렀다. 혜통은 신통력을 발휘하여 공주의 병을 낫게 해주었다. 왕은 무척 기뻐하였다. 고마워 어쩔 줄 몰라 하는 왕에게 혜통은 마음속의 말을 하였다.
"지난번 죽은 정공은 독룡의 해를 입어 죄 없이 형벌을 받은 것입니다."
왕은 이 말을 듣고 지난 일을 마음속 깊이 후회하며 바로 명령을 내려 정공 처의 죄를 없애 주었다. 그리고 혜통을 국사國師로 받들었다.
한편 독룡은 정공에게 앙갚음한 뒤 기장산機張山에 가서 곰신이 되어 사람들을 괴롭혔다. 백성은 곰신의 해악으로 몹시 괴로워했다. 보다 못한 혜통이 산속에 들어가 독룡을 달래고 불살계*를 주었더니 곰신은 그제야 행패를 멈추었다.

  이보다 앞서 신문왕 때에 왕이 등창이 심하여 혜통에게 치료를 청한 적이 있었다. 혜통은 곧장 달려와 주문을 외었다. 그러자 왕의 등창은 바로 나았다. 혜통이 조용히 왕에게 말했다.
  "폐하께서 전생에 재상의 몸으로 신충信忠이란 사람을 잘못 판단하여 종으로 쓰셨습니다. 그 일로 신충이 원한을 품고 윤회하여 다시 태어날 때마다 폐하께 보복을 하는 것입니다. 이 등창도 신충의 짓이니 신충을 위해서 절을 세우고 신충의 명복을 빌어 맺힌 한을 풀어 주십시오."
  왕은 혜통의 말대로 절을 세우고 신충봉성사信忠奉聖寺라고 하였다. 절이 다 완성되자 공중에서 노랫소리가 들렸다.
  "왕이 절을 지어 주셨기 때문에 괴로움에서 벗어나 하늘에 태어났으니, 원한은 이미 풀렸습니다."
  노랫소리가 들린 곳에 절원당折怨堂을 지었는데 그 당과 절이 지금도 남아 있다.

---

* 불살계(不殺戒) | 온갖 중생의 생명을 해치는 것을 금지하는 계율.

귀신을 쫓은 밀본스님

선덕왕 덕만德慢이 병이 들어 오랫동안 낫지 않자 왕은 흥륜사興輪寺의 승려 법척法惕을 불러 병을 치료케 하였다. 그러나 덕만의 병은 별 차도가 없었다. 신하들이 밀본密本스님을 추천하며 그에게 치료받을 것을 적극 권하였다. 왕은 신하들의 권유에 따라 밀본을 궁중으로 불러들였다.

왕의 부름을 받고 온 밀본은 침실 밖에 서서 약사경을 읽었다. 경을 다 읽었을 무렵이었다. 갑자기 밀본의 지팡이가 왕의 침실로 날아 들어가더니 늙은 여우 한 마리와 법척을 찔러 뜰에 거꾸러뜨렸다. 그 후 덕만의 병은 씻은 듯이 나았다. 이때 밀본의 이마에는 다섯 가지 빛깔의 신비로운 빛이 비쳐 보는 사람들이 모두 놀랐다.

이런 일도 있었다.

승상 김양도金良圖라는 사람이 어렸을 때, 갑자기 입이 붙고 몸이 굳어지더니 말도 못하고 손발도 움직이지 못하게 되었다. 하지만 그의 눈에는 항상 귀신들이 보였다. 큰 귀신이 작은 귀신을 데리고 와서 집의 음식을 모조리 맛보는 것이며, 무당이 와서 제사를 지낼 때 귀신들이 서로 다투어 욕을 하는 것 등이 다 보였다. 하지만 양도는 입이 붙어 물러가라는 말을 할 수가 없었다.

양도의 아버지가 이런 아들을 보다 못해 이름은 전하지 않는 법류사法流寺의 승려 한 분을 모셔다가 불경을 외게 하였다. 그랬더니 큰 귀신이 작은 귀신에게 쇠망치로 그의 머리를 때리라 하였다. 쇠망치를 맞은 승려는 땅에

푹 쓰러지더니 피를 토하고 죽었다.

양도의 아버지는 심부름꾼을 보내어 밀본을 모셔 오게 하였다. 심부름꾼이 돌아와 "밀본법사가 곧 오신다고 했습니다." 하자 귀신들의 얼굴빛이 대번에 변하였다. 작은 귀신이 불안에 떨며 말했다.

"법사가 오면 결코 이롭지 못할 것 같으니 어서 피합시다."

그러나 큰 귀신은 거만하게 말했다.

"무슨 해로운 일이 있겠느냐?"

이때 갑자기 사방에서 온몸에 쇠 갑옷을 입은 대력신*이 손에 긴 창을 들고 나타나더니 집안의 귀신들을 모조리 잡아 묶어 가지고 갔다.

그들 뒤로는 무수한 천신天神이 둘러서 있었는데 잠깐 지나자 밀본이 도착하였다. 밀본이 도착해 경문을 펴기도 전에 양도의 병은 다 나았다. 이제 말도 하고 몸도 움직일 수 있게 되었다.

양도는 그동안 자신이 본 일들을 자세히 말했다. 그리고 이후로 불교를 더욱 독실하게 믿으며 한평생 불도 닦기를 게을리 하지 않았다. 그는 흥륜사 미타존상과 좌우 보살을 빚었고, 그 당에 금으로 벽화도 그려 넣었다.

다음은 밀본이 금곡사에 살던 때의 일이다.

---

* 대력신(大力神) | 큰 힘을 가진 신.

김유신이 밀본과 친하게 지냈지만, 세상 사람들은 그가 누구인지 전혀 몰랐다.

그때 유신의 친척 중에 수천秀天이라는 사람이 오랫동안 나쁜 병을 앓고 있었다. 보다 못한 유신이 밀본에게 수천의 진찰을 부탁하였다. 그런데 때마침 수천의 친구인 인혜因惠스님이 중악에 왔다가 수천을 치료하러 온 밀본을 보았다. 인혜는 밀본을 보더니 빈정대며 말했다.

"그대의 생김새와 태도를 보니 간사하고 아첨하는 사람인데 어찌 남의 병을 고치겠는가?"

밀본은 불쾌했지만 애써 참으며 말했다.

"유신의 명 때문에 마지못해서 왔을 뿐이오."

그러자 인혜는 의기양양한 태도로 말했다.

"그대는 내 신통력을 좀 보시지."

인혜는 향로를 받들어 향을 피우고 주문을 외었다. 그러자 오색구름이 이마 위를 두르고 하늘에서는 꽃잎들이 흩어지며 떨어졌다. 이를 본 밀본이 말했다.

"스님의 신통력은 불가사의하군요. 저에게도 역시 변변치 못한 기술이 있습니다. 잠깐 제 앞에 서서 봐 주십시오."

밀본은 인혜 앞에 서더니 손가락을 한 번 튕겼다. 그러자 인혜의 몸이 공중으로 붕 떠올랐는데 거의 한 길 높이나 되었다. 인혜는 한참을 공중에 떠

있다가 다시 서서히 땅으로 내려왔는데 머리가 땅에 닿은 뒤에는 마치 말뚝처럼 땅에 그대로 박혀 버리고 말았다. 옆에 있던 사람들이 그를 밀고 잡아당겨 봤지만 꼼짝도 하지 않았다. 밀본은 그렇게 인혜를 땅에 처박아 둔 채 나가 버렸다.

인혜는 거꾸로 박힌 채 밤을 새웠다. 다음 날 수천이 사람을 시켜 이 사실을 유신에게 알렸다. 유신은 밀본에게 가서 인혜를 풀어 주라고 부탁하였다. 밀본은 그제서야 인혜를 풀어 주었다. 그 후 인혜는 다시는 자신의 재주를 뽐내지 않았다고 한다.

해의 변괴를 없애 준 월명스님

경덕왕 19년 4월 초하루에 두 개의 해가 나타나더니 열흘이 지나도록 없어지지 않았다. 하늘의 일을 점치는 관리가 점을 쳐 보더니 왕에게 아뢰었다.

"인연 있는 스님을 모셔서 산화공덕* 의례를 행하면 재앙을 물리칠 수 있을 것입니다."

왕은 조원전朝元殿에 단을 깨끗하게 차리고 청양루靑陽樓에서 인연 있는 스님이 오기만을 기다렸다.

마침 월명사가 들녘 남쪽에서 오는 것을 본 왕은 사람을 보내어 월명사를 모셔 오게 하였다. 그리고 그에게 정중하게 산화공덕 의례를 베풀어 줄 것을 청하였다.

월명사는 공손하게 왕께 아뢰었다.

"저는 국선國仙의 무리에 속해 있기 때문에, 향가만 알 뿐 불교식 노래는 서투릅니다."

왕이 말했다.

"이미 인연이 있는 승려로 뽑혔으니 향가라도 좋소."

월명사는 「도솔가」를 지어 바쳤다.

오늘 여기 산화가散花歌를 불러,
뿌린 꽃아 너는
곧은 마음의 명령에 따라,

미륵좌주彌勒座主를 모셔라.

노래를 부르자 곧 해의 변괴가 사라졌다.

왕은 월명사가 해의 변괴를 없애 준 데 감사하며 품질 좋은 차 한 봉지와 수정염주 108개를 하사하였다. 그런데 어디선가 단정한 차림의 동자가 나타나더니 공손히 차와 염주를 받아 들고 대궐 서쪽 작은 문으로 나갔다. 월명사는 궁에서 심부름하는 아이라고 생각하였고, 왕은 월명사의 시중을 드는 아이라고 생각하였다. 그러나 말을 맞추어 보니 이도저도 아니었다.

왕은 이상해서 사람을 시켜 그 아이를 쫓아가 보게 하였다. 그랬더니 아이는 뜰 안의 탑 속으로 숨고 차와 염주만이 남쪽 미륵상 벽화 앞에 놓여 있었다.

월명사의 지극한 덕과 정성이 미륵보살을 감동시켜 나타나게 한 것이다.

* 산화공덕(散花功德) | 꽃을 뿌려 부처님께 공양하여 공덕을 닦는 일.

이 일로 나라 사람들은 월명사를 더욱 존경하였으며 왕도 월명사를 더욱 공경하여 다시 비단 백 필을 주어 큰 감사의 뜻을 표하였다.

　월명사는 일찍이 죽은 누이동생을 위해서 향가를 지어 재를 지낸 적이 있었다. 이때 갑자기 회오리바람이 일더니 종이돈*이 서쪽으로 날아갔다. 누이를 위한 향가는 이렇다.

　　죽고 사는 길이
　　여기 있으니 두려워지고,
　　나는 간다는 말도
　　다 못하고 가는가.
　　어느 가을 이른 바람에
　　여기저기 떨어지는 잎과 같이,
　　한 가지에 나서
　　가는 곳은 모르는구나.
　　아, 미타찰彌陀刹에서 만나볼 나는
　　도를 닦으며 기다리련다.

　월명사는 항상 사천왕사四天王寺에 살았는데 피리를 잘 불었다. 어느 날

달밤에 피리를 불며 문 앞 큰길을 지나는데 달이 그를 위해 움직이지 않고 서 있었다. 이 때문에 그곳을 월명리月明里라고 하고 그를 월명사月明師라고 불렀다.

   월명사는 능준대사能俊大師의 제자다. 신라 사람들이 향가를 숭상한 지가 무척 오래되었는데 향가는 대개 시경의 송頌과 같은 종류의 노래다. 그래서 천지와 귀신을 감동시킨 것이 한두 번이 아니었다.

* 종이돈 | 죽은 사람을 위해 저승으로 가는 길에 노자로 쓰라는 뜻에서 재 지낼 때에 쓰는 돈이다.

향가를 잘 지은 충담스님

경덕왕 때 오악 삼산*의 신들이 자주 대궐 뜰에 나타났다.
　왕은 나라의 위기를 예감하고 삼월 삼짇날, 귀정문 누각에 앉아서 신하들을 둘러보며 말했다.
　"누가 거리에 나가 위엄 있게 잘 차려 입은 스님 한 분을 모셔 올 수 있겠느냐?"
　마침 깨끗한 차림의 스님 한 분이 길을 가고 있었다. 신하들은 이 스님을 왕에게로 데리고 와 보였다. 왕은 그를 보더니 실망한 듯 말했다.
　"내가 말한 스님이 아니다."
　왕은 그냥 돌려보내게 하였다.
　이때 허름한 승복에 삼태기를 메고 남쪽에서 오는 스님이 있었다. 왕은 그를 얼른 누각으로 맞아들였다.
　스님이 둘러매고 온 삼태기 안을 들여다보니 차 달이는 기구가 들어 있었다.
　"그대는 누구요?"
　왕이 물었다.
　"소승은 충담忠談이라고 합니다."
　"어디서 오는 길이오?"
　"소승은 매년 3월 3일과 9월 9일에 차를 달여서 남산 삼화령의 미륵세존께 드리는데, 지금도 막 차를 달여 드리고 돌아오는 길입니다."

"그럼 과인에게도 차를 한 잔 줄 수 있겠소?"

충담은 곧 차를 달여 왕에게 바쳤다. 왕이 마셔 보니 차 맛이 독특하고 찻잔에서는 묘한 향기가 풍겼다. 왕이 다시 물었다.

"내가 들으니 스님이 전에 기파랑을 찬미하여 지은 사뇌가가 뜻이 무척 높다고 하던데 그 말이 사실인가요?"

"그렇습니다."

"그렇다면 나를 위하여 백성을 편안하게 다스릴 수 있는 노래 한 수를 지어 주시오." 충담은 왕의 명을 받고 곧 노래 한 수를 지어 바쳤다.

임금은 아버지요,

신하는 자애로운 어머니요.

백성은 어린아이라 여긴다면,

백성이 사랑을 알리라.

꾸물거리며 살아가는 백성

이들을 잘 먹여 다스려서

이 땅을 버리고 어디로 가리오 한다면,

---

* 오악 삼산(五岳三山) | 신라의 국가적 제사의 대상이 되어 온 곳으로 오악은 동쪽의 토함산, 남쪽의 지리산, 서쪽의 계룡산, 북쪽의 태백산, 중앙의 공산(팔공산)이며, 삼산은 내림, 골화, 혈례의 세 곳이다.

나라가 잘 다스려짐을 알리라.
아아, 임금답게, 신하답게, 백성답게 한다면
나라가 태평하리.

　왕은 이 노래를 기쁘게 받고 감사의 뜻으로 충담을 왕사王師로 봉하려 하였으나 충담은 굳이 사양하며 받지 않았다.

하늘 세상과 인간 세상을
자유롭게 오르내린 표훈스님

경덕왕은 옥경*의 길이가 여덟 치나 되어 오래도록 아들을 얻지 못했다. 왕은 아들을 얻으려고 첫번째 왕비를 폐하고, 새 왕비를 맞아들였다. 두 번째 왕비는 만월부인滿月夫人이었다.

어느 날 왕이 표훈表訓스님을 불러 부탁했다.

"내가 복이 없어서 아들을 두지 못했으니 하느님上帝께 부탁하여 아들을 좀 낳게 해주시오."

표훈은 왕의 부탁을 받고 하늘로 올라가 하느님께 왕의 소원을 아뢰었다. 그리고 돌아와 왕께 하느님의 말씀을 전했다.

* 옥경(玉莖) | 음경(陰莖)을 높여 이르는 말이다.

"딸이라면 가능하지만 아들은 안 된다고 하십니다."

왕이 다시 간청했다.

"딸을 아들로 바꾸게 해주시오."

표훈은 다시 하늘로 올라가 왕의 말을 전했다. 그러자 하느님이 말했다.

"그렇게 할 수는 있지만 그러면 나라가 위태로울 것이다."

표훈이 막 내려오려고 하는데 하느님이 따끔하게 충고했다.

"하늘 세상과 인간 세상은 마음대로 오갈 수 있는 곳이 아니다. 너는 지금 마치 이웃 마을을 왕래하듯이 자유로이 오가며 천기를 누설하는구나. 이제부터는 절대 다니지 말도록 하여라."

표훈은 돌아와 하느님의 말을 왕께 알아듣도록 전했다. 그러나 왕은 끝내 아들을 얻겠다는 고집을 꺾지 않았다.

"나라가 비록 위태롭더라도 나는 아들을 얻어서 대를 잇고 싶소."

얼마 후 만월부인이 임신하여 아이를 낳았는데 아들이었다. 왕은 무척이나 기뻐하였다.

경덕왕이 죽자, 여덟 살의 어린 나이에 혜공왕이 왕위에 올랐다. 혜공왕은 너무 어린 나이에 왕위에 올라 한동안은 어머니 태후가 섭정을 하였다. 그런데 제대로 통치가 이루어지지 못해 도둑들은 벌떼처럼 일어나고 나라는 어수선하였다. 나라가 위태로울 것이란 표훈의 말이 맞은 것이다.

왕은 여자로 태어나야 하는데 바뀌어 남자로 태어났으므로 돌부터 왕위에 오르는 날까지 항상 여자가 하는 놀이만 하고 놀았다. 비단 주머니 차기를 좋아하고 도사들과 어울려 놀았다. 그런 탓에 나라는 매우 어지러워졌고, 마침내 왕은 김경신과 김양상에게 죽임을 당하였다.

표훈스님 이후에는 신라에 성인이 나지 않았다고 한다.

지팡이를 맘대로 부린 양지스님

양지良志스님은 조상이 누구인지 고향이 어디인지 자세히 알려져 있지 않다. 다만 신라 선덕왕 때에 자취를 드러냈을 뿐이다.

양지스님에게는 신기한 재주가 많았는데 특히 지팡이를 부리는 재주가 매우 뛰어났다. 양지스님은 늘 지팡이 끝에 포대 하나를 걸어 두었는데, 지팡이는 때가 되면 저절로 시주 집으로 날아가 흔들어 소리를 냈다. 그러면 집안사람들이 소리를 듣고 재齋에 쓸 비용을 포대 안에 넣어 주었다. 포대가 차면 지팡이는 다시 날아서 절로 돌아오곤 하였다. 이 때문에 양지가 있던 절을 석장사錫杖寺라고 하였다. 양지의 신기하고 남다른 재주는 사람들이 다 헤아리지 못할 정도였다.

양지스님은 여러 기예에도 통달하였다. 특히 글씨와 조소는 견줄 만한 사람이 없었다. 영묘사靈廟寺 장육삼존상丈六三尊像과 천왕상天王像, 전탑殿塔의 기와와 천왕사天王寺 탑 밑의 팔부신장八部神將, 법림사法林寺의 주불삼존主佛三尊과 좌우 금강신金剛神 등을 모두 그가 만들었다. 영묘사靈廟寺와 법림사法林寺의 현판을 썼으며, 일찍이 벽돌을 다듬어 작은 탑 하나를 만들고 삼천불三千佛도 함께 만들어 절 안에 모셔 두고 공경하였다. 그가 영묘사의 장육존상을 만들 때는 참선에 들어가 삼매의 경지에 든 뒤에 만들었는데 이때 온 성안의 사람들이 다투어 진흙을 운반해 주었다. 사람들이 진흙을 나르며 불렀다고 전해지는 풍요*는 이러하다.

오다 오다 오다
오다 서럽구나.
서럽구나 동무들아
공덕功德 닦으러 오다.

지금까지도 시골 사람들이 방아를 찧을 때나 다른 일을 할 때는 모두 이 노래를 부르는데 아마 이때 시작된 것 같다. 장육상을 처음 만들 때에 든 비용은 곡식 2만 3,700석이었다고 한다(혹은 이 비용이 금빛을 칠할 때 든 것이라고도 한다).

* 풍요(風謠) | 민간에서 널리 불리는 노래.

죽었다가 다시 살아난 선율스님

망덕사望德寺의 선율善律스님은 말년에 신도들에게 받은 시주 돈으로 『육백반야경六百般若經』을 만들고 있었는데, 그 일을 미처 다 마치지도 못하고 저승사자에게 쫓겨 그만 저승으로 가게 되었다.

염라대왕이 선율에게 물었다.

"너는 인간 세상에서는 무슨 일을 하였느냐?"

선율이 말했다.

"저는 인간 세상에서 『대품반야경大品般若經』을 만들었는데 미처 일을 다 마치지 못하고 잡혀 왔습니다."

염라대왕은 잠시 생각하더니 말했다.

"너의 수명이 이미 다 하긴 하였지만 그렇게 큰일을 이루지 못하고 왔다니 다시 인간 세상으로 보내 주마. 어서 인간 세상으로 돌아가서 하던 일을 끝내고 오도록 하여라."

선율은 무척 기뻐하였다.

선율이 인간 세상으로 오는 길을 재촉하는데 갑자기 한 여자가 울면서 그의 앞에 다가왔다.

"스님, 저는 신라 사람입니다. 부모님이 금강사金剛寺의 논 한 마지기를 몰래 빼앗은 일 때문에 이곳에 잡혀 와서 지금까지 갖은 괴롭힘을 당하고 있습니다. 그러니 스님, 이제 고향 신라로 돌아가시거든 제 사정을 우리 부모님께 꼭 알려서 그 논을 빨리 돌려주게 해주십시오.

"그리고 한 가지, 제가 세상에 있을 때 참기름을 짜 상 밑에 묻어 둔 것이 있습니다. 이불 틈에 감추어 둔 곱게 짠 베도 있고요. 스님께서는 부디 그 기름을 가져다가 불등佛燈에 불을 켜고, 베는 팔아 경을 베껴 적는 데 사용해 주십시오. 그렇게만 해주신다면 저는 이 황천에서도 스님의 은혜를 입어 고뇌에서 벗어날 수 있을 것입니다."

선율은 그녀의 사정이 딱해서 부탁을 들어주기로 마음먹었다.

"그대의 집은 어디인가?"

"사량부沙梁部 구원사久遠寺 서남쪽 마을입니다."

선율은 그녀와 헤어진 뒤 인간 세상으로 돌아왔다.

그러나 이미 그가 죽은 지 열흘이 지난 뒤라, 그는 남산 동쪽 기슭 땅 속에 묻혀 있는 몸이었다. 선율은 무덤 속에서 사흘 동안이나 계속 소리를 질러댔다. 사흘 만에 지나가던 소 치는 아이가 그 소리를 듣고 절에 가서 알렸다. 승려들은 모두 깜짝 놀라 무덤으로 달려 나왔다. 그리고 선율을 꺼내었다. 멀쩡히 살아 있는 선율을 본 사람들은 입을 다물지 못하였다. 선율은 그간의 일을 자세하게 말해 주었다.

선율은 무덤에서 나오자마자 저승에서 만난 그 여자의 집으로 찾아갔다. 그 여자는 죽은 지가 15년이나 되었다고 하였다. 하지만 참기름과 베는 여자가 말한 그 자리에 그대로 있었다. 선율은 여자가 부탁한 대로 그것을 꺼내어 불을 켜고 경을 베끼는 데 사용하게 해주고, 여인의 명복도 빌었다.

그날 밤 여자의 영혼이 찾아와서 말했다.

"스님의 은혜로 저는 이미 고뇌에서 벗어났습니다."

이 말을 들은 사람들은 모두 놀라고 감동하였다. 그리고 서로 도와 『반야경般若經』을 완성하였다. 이 책은 지금 동도* 승사서고僧史書庫에 있는데 매년 봄과 가을에는 그것을 읽으며 재앙을 물리친다고 한다.

* 동도(東都) | 경주

얼어 죽게 된 여자를 구해 준 정수스님

애장왕 때 정수正秀스님은 황룡사皇龍寺에서 지내고 있었다.

눈이 많이 쌓이고 날도 저문 어느 겨울날, 정수가 천엄사天嚴寺 문밖을 지나는데 한 여자 거지가 아이를 낳고 누워 있는 것이 보였다. 여자는 추위로 거의 얼어 죽을 지경이었다. 정수는 그녀가 너무 불쌍하여 다가가 그녀를 힘껏 안아 주었다. 여자는 정수의 따뜻한 체온 덕에 정신을 차리고 겨우 깨어났다.

여자가 깨어나자 그는 자신이 입고 있던 옷을 모두 벗어 그녀를 덮어 주고, 자신은 벌거벗은 채로 절로 달려와서 거적 풀을 덮고 밤을 새웠다.

그때 갑자기 하늘에서 궁정 뜰로 외치는 소리가 났다.

"황룡사의 승려 정수를 임금의 스승에 봉하여라."

왕이 이 소리에 놀라 급히 사람을 보내 무슨 일인가 알아보게 하였더니, 사신이 이런 사실을 왕에게 보고하였다. 왕은 예의를 갖추어 정수를 대궐로 맞아들인 뒤 그를 국사國師로 봉하였다.

말이 없던 뱀 아이 사복

서울 만선북리萬善北里에 과부 한 명이 살았는데, 남편도 없이 임신을 하더니 곧 아이를 낳았다. 그런데 아이는 열두 살이 되도록 말도 못하고 일어나지도 못하였다. 그래서 사람들이 아이를 뱀 아이 사동蛇童 혹은 사복蛇福이라고 불렀다.

어느 날 어머니가 죽자 사복은 고선사高仙寺에 있는 원효를 찾아갔다. 원효는 그를 예를 다하여 맞이하였다. 그러나 사복은 답례도 하지 않고 말했다.

"그대와 내가 옛날에 불경을 싣고 다니던 암소가 이제 죽었으니 나와 함께 장사 지내는 것이 어떻겠는가?"

"좋습니다."

원효는 얼른 사복과 함께 사복의 집으로 갔다. 사복은 원효에게 선을 기르고 악을 없애는 계를 어머니께 드리라고 하였다.

원효는 시체 앞에서 빌었다.

"세상에 나지 말 것이니, 죽는 것이 괴로우니라. 죽지 말 것이니 세상에 나는 것이 괴로우니라."

이를 다 들은 사복은 말이 너무 번거롭다고 하였다. 원효는 다시 고쳐서 말했다.

"죽는 것도 사는 것도 모두 괴로우니라."

두 사람은 상여를 메고 활리산活里山 동쪽 기슭으로 갔다. 원효가 말했다.

"지혜로운 범을 지혜의 숲에 장사 지내는 것이 마땅하지 않겠는가?"

그러자 사복은 게偈를 지었다.

옛날 석가모니 부처님께서는,
사라수 사이에서 열반하셨네.
이제 또 그 같은 이가 있어,
연화장 세계로 들어가려 하네.

말을 마치고 띠풀의 줄기를 뽑으니, 그 밑에 명랑하고 맑은 세계가 열렸다. 칠보로 장식한 난간에 장엄한 누각이 인간의 세계가 아닌 것 같았다. 사복이 시체를 업고 그 속으로 들어가니 땅은 순식간에 합쳐져 버렸다. 원효는 그대로 돌아왔다.

후세 사람들이 그를 위해서 금강산 동남쪽에 절을 세우고 도량사道場寺라 하였으며, 해마다 3월 14일에 점찰법회*를 열기로 하였다.

---

* 점찰법회(占察法會) | 숙세(宿世)의 잘못을 참회하고 반성하면서 자신의 마음의 안락을 얻으려고 점찰법을 행하는 법회를 말한다.

부처님이 나타나 도와준 이야기

세 번 나타난 중생사의 관음

신라 고전古傳에 전하는 이야기다.

중국 천자가 사랑하는 여인이 있었는데 그녀는 매우 아름다웠다. 천자는 "고금古今의 그림 중에도 이같이 아름다운 사람은 없을 것이다." 하며 그림 잘 그리는 사람에게 여인의 모습을 그리라 하였다.

화공畵工은 천자의 명에 따라 여인의 그림을 완성하였는데 마지막에 그만 붓을 잘못 떨어뜨려 배꼽 밑에 붉은 점을 찍고 말았다. 화공은 당황하여 점을 지우려 애를 써 보았으나 아무리 해도 지워지지가 않았다. 그는 '이 붉은 점은 날 때부터 있었나 보다.' 라고 생각하며 완성된 그림을 천자에게 바쳤다.

천자는 그림을 보더니 벌컥 화를 내었다.

"모습은 실물과 똑같다. 그런데 어떻게 알고서 속에 감추어진 배꼽 밑의 점까지 그릴 수 있단 말이냐?"

천자는 화공을 옥에 가두고 벌을 주려 하였다. 그때 승상이 아뢰었다.

"폐하, 저 사람은 마음이 아주 곧은 사람입니다. 제발 용서하여 주십시오."

"그래? 저 사람이 정말 어질고 곧은 사람이라면, 내가 어제 꿈에 본 사람의 형상을 그릴 수 있을 것이다. 만일 그 그림이 내가 꿈에서 본 얼굴과 꼭 같다면 그때 용서할 것이다."

화공은 십일면관음보살의 모습을 그려 바쳤다. 천자는 화공이 바친 그림이 지난 밤 자신이 꿈에서 본 얼굴과 꼭 같은 것을 확인하고 그제야 마음이

풀려 화공을 용서하였다.
　화공은 큰 벌을 겨우 면하게 된 뒤 분절芬節 박사를 찾아가 말했다.
　"이웃 나라 신라는 불법을 숭상한다고 들었습니다. 당신과 함께 신라로 건너가 불사佛事를 닦아 나라를 복 되게 하고 싶소."
　이들은 함께 신라 중생사衆生寺로 가서 관음보살의 상을 만들었다. 신라 사람들은 그 후 중생사의 관음상을 우러러 보며 기도하여 복을 얻었다.

　신라 말에 최은함崔殷諴이란 사람은 자식이 없었다. 그는 매일 중생사 관음보살 앞에 나가서 정성껏 기도를 드리며 아들 낳기를 빌었다. 몇 년 동안 그렇게 기도한 끝에 그는 아들을 얻었다. 그러나 아들을 낳은 지 채 석 달이 되지 않았을 무렵, 후백제 견훤이 서울을 침범해 나라가 매우 어지러웠다.
　은함은 아이를 안고 중생사 관음상 앞에 와서 말했다.
　"이웃 나라의 군사가 갑자기 쳐들어와서 위험한 지경에 이르게 되었습니다. 어린 자식과 함께 있다가는 아이는 물론 우리 식구 모두 화를 면하기 어려울 것 같습니다. 정말로 당신께서 이 아이를 주신 것이라면, 큰 자비를 베푸시어 아이를 잘 길러, 뒷날 우리 부자가 다시 만날 수 있게 해주십시오."
　은함은 몹시 슬프게 세 번 울면서 세 번 아뢰고 난 뒤에 아이를 포대기에 싸서 관음이 앉은 자리 밑에 감추어 두고 떠나갔다.
　보름쯤 지나 적병이 물러갔다. 은함은 그 길로 중생사로 달려와서 아이를 찾아보았다. 아이는 처음 놓아둔 자리에 그대로 있었는데 살결은 마치 새로 목욕한 것처럼 뽀얗고 고왔으며, 입에서는 아직도 젖냄새가 났다. 은함은 관음상 앞에 머리를 조아리며 큰 자비에 감사하였다.

아이는 총명하고 지혜롭게 자랐다. 이 아이가 바로 최승로崔承魯이다.

다음은 성태性泰스님의 이야기다.

더는 중생사에 머물 수 없게 된 중생사 주지 성태가 하루는 관음보살상 앞에 꿇어앉아 말했다.

"저는 오랫동안 이 절에 살면서 부지런히 향불을 피우며 밤낮으로 예불을 게을리 하지 않았습니다. 하지만 절의 토지에서 나는 것이 없어 더는 공양을 계속할 수가 없습니다. 이제 다른 곳으로 가려고 하직 인사를 왔습니다."

이날 성태가 조금 졸다가 꿈을 꾸는데 꿈속에 관음대성이 나타나서 말했다.

"그대는 조금 더 여기에 머무르게. 내가 시주를 해서 제사에 쓸 비용을 충분히 마련해 주겠네."

꿈에서 깬 성태는 다른 곳으로 가지 않고 절에 그대로 머물러 있기로 하였다. 그런 지 13일이 지난 어느 날 처음 보는 사람 둘이 말과 소에 물건을 가득 싣고 절 문 앞에 이르렀다. 절에 있던 성태가 나가서 어디서 온 누구냐고 물으니 그들이 대답했다.

"우리는 금주 지방 사람들입니다. 지난번 한 스님이 우리를 찾아와서 자신은 중생사 중인데 공양에 쓸 비용을 마련하기 위해 시주를 받으러 왔다고 하였습니다. 그래서 우리가 이웃 마을에 가서 쌀 여섯 섬과 소금 넉 섬의 시주를 얻어 이렇게 싣고 온 것입니다."

성태는 그들의 말을 다 들은 뒤 미심쩍은 표정으로 말했다.

"이 절에는 시주를 구하러 나간 사람이 없습니다. 아마도 그대들이 잘못 들은 것 같소."

그들이 다시 말했다.

"아닙니다. 스님이 우리를 이곳 신견정神見井까지 데리고 왔는걸요. 거기에서 이제 절이 멀지 않으니 먼저 가서 기다리겠다고 해서 저희가 뒤따라온 것입니다."

성태가 이상하게 생각하고 그들을 데리고 법당 안으로 들어가니, 그 사람들이 관음대성을 보고 깜짝 놀라 절하며 말했다.

"이 부처님이 바로 시주를 구하러 왔던 그 스님의 얼굴입니다."

사람들은 모두 놀라고 감탄하였다. 이후로 이 절에 바치는 쌀과 소금이 해마다 끊어지지 않았다.

한번은 이런 일이 있었다.

어느 날 저녁에 절 문에 화재가 나서 마을 사람들이 모두 달려와 불을 껐다. 그런데 법당에 올라가 보니 관음상의 모습이 보이지 않았다. 너무 놀라 사방을 둘러보니 관음상은 뜰 가운데 서 있었다. 누가 밖으로 내왔느냐고 물었으나 모두 모른다고 하였다. 사람들은 그제서야 이것이 관음대성의 신령스러운 힘인 것을 알았다.

    관음보살이 영험을 드러낸 일이 또 있다.
    중생사에 점숭占崇이라는 스님이 주지를 맡고 있었는데, 그는 비록 글은 몰랐지만 성실하고 순수한 성품을 지닌 사람이었다. 그런데 절을 빼앗으려는 욕심을 가진 한 스님이 점숭이 글 못 읽는 약점을 잡아 친의천사*에게 그를 모함하였다.
    "이 절은 나라에서 은혜를 빌고 복을 기원하는 곳입니다. 마땅히 글을 읽을 줄 아는 사람이 절을 맡아야 할 것입니다."
    천사는 그 말에 일리가 있는 듯하여 점숭을 불러 불경을 거꾸로 주고 읽어 보게 하였다. 그랬더니 점숭은 그것을 줄줄 읽어 내렸다.
    놀란 천사가 이번에는 방 가운데로 물러앉게 한 뒤에 그것을 다시 읽게 하였다. 그러자 점숭은 입을 꽉 다문 채 한 줄도 읽어 내지 못하였다. 이것을 본 천사가 말했다.
    "스님은 참으로 관음대성이 보호하여 주시는 사람이구려."
    천사는 끝내 이 절을 빼앗지 않았다.

그 당시 점숭과 함께 이 절에 살던 처사 김인부金仁夫가 이 이야기를 고을의 노인들에게 전하였고 전기로도 써 두었다.

* 친의천사(襯衣天使) | 옷을 시주 하는 천사(天使)라고 한다.

신라의 보물을 구해 준 백률사의 관음

경주 북쪽 금강령이라는 산의 남쪽에 백률사柏栗寺라는 절이 있었다. 절에는 부처님의 상이 하나 있었는데 어느 때 만든 것인지는 알 수 없지만 영험이 있다고 알려져 있었다. 어떤 이는 중국의 신령스런 장인이 중생사의 관음상을 만들 때 함께 만든 것이라고 하였다.

또 백률사 섬돌에는 발자국이 하나 남아 있는데 사람들은 부처님이 도리천*에 올라갔다가 돌아와서 법당에 들어갈 때에 섬돌을 밟은 자국이라고 하였다. 혹은 부처님이 부례랑夫禮郎을 구출하고 돌아올 때의 발자취라고도 하였다.

효소왕대 부례랑은 국선으로 따르는 무리가 1,000명이나 되었다. 부례랑은 안상安常이란 이와 무척 친하게 지냈다.

그러던 어느 해 3월, 부례랑이 무리를 거느리고 금란金蘭에 놀러 갔다가 그만 북명北溟의 경계에서 오랑캐들에게 사로잡히고 말았다. 함께 갔던 이들은 모두 어찌해야 할지를 몰라 우왕좌왕하다가 그대로 돌아왔고, 안상만 홀로 부례랑을 뒤쫓아 갔다. 3월 11일이었다.

사람들이 돌아와 왕에게 부례랑의 일을 아뢰니 왕은 무척 놀라며 말했다.

"선왕께서 전해 주신 신령스런 피리를 지금 현묘한 거문고와 함께 궁중 창고에 잘 간수해 두었는데, 무슨 일로 국선이 갑자기 적에게 잡혀가는 일이 벌어졌단 말인가? 이 일을 어찌하면 좋겠는가?"

그런데 바로 이때 상서로운 구름이 천존고天尊庫 위를 덮었다. 왕은 무슨 일인지 너무 두려워 사람을 시켜 창고 안을 조사해 보게 하였다. 그랬더니, 천존고에 보관한 거문고와 피리가 모두 없어졌다고 하였다.

왕은 너무 슬퍼 탄식했다.

"내 얼마나 복이 없으면 어제는 국선을 잃고 오늘은 또 현묘한 거문고와 신령스런 피리까지 잃는단 말인가?"

왕은 창고를 맡은 관리 김정고金貞高 등 다섯 명을 옥에 가두었다. 그리고 나라 사람들을 불러 놓고 말했다.

"창고에 있던 거문고와 피리를 되찾아오는 사람에게는 1년의 조세를 상으로 주겠다."

한편 아들을 잃은 부례랑의 부모는 아들이 사라진 그날부터 매일같이 백률사 불상 앞에 나아가 아들이 무사히 돌아오기만을 빌었다.

그러던 5월 15일 저녁이었다. 여느 날과 마찬가지로 아들을 위한 기도를 올리고 있는데 어느 순간 보니 향탁 위에 거문고와 피리가 놓여 있었다. 영문을 몰라 멍하니 서 있는데 뜻밖에도 불상 뒤에서 부례랑과 안상 두 사람이 걸어 나왔다. 부모는 몹시 기뻐 달려가 아들을 얼싸 안으며, 그간의 일을 물었다.

---

* 도리천(忉利天) | 27天 가운데 속계(俗界) 6천(天)의 제 2천에 해당한다.

부례랑은 그간의 일을 다음과 같이 말했다.

"저는 적에게 잡혀간 뒤 적국의 대도구라大都仇羅의 집에서 말 치는 일을 하였습니다. 하루는 대오라니大烏羅尼의 들에서 말에게 풀을 뜯기는데 갑자기 단정하게 생긴 스님 한 분이 거문고와 피리를 들고 오시더니 저에게 '고향 일을 생각하느냐?'며 다정하게 물으셨습니다. 저도 모르게 왈칵 눈물이 나 스님 앞에 꿇어앉으며 '임금과 부모를 그리워하는 마음을 어찌 다 말할 수 있겠습니까?' 하며 울먹였습니다. 스님은 '그러면 나를 따라오너라.' 하더니 저를 바닷가로 데려갔습니다. 그런데 놀랍게도 거기에 안상이 있었습니다.

스님은 들고 있던 피리를 둘로 쪼개더니 우리 두 사람에게 주면서 각기 한 짝씩에 올라타라고 하고, 그는 거문고를 탔습니다. 바다에 떠서 오다 보니 금세 이곳에 닿더군요."

부례랑의 일을 자세히 보고 받은 왕은 급히 사람을 보내어 그를 궐 안으로 맞아 오게 하였다. 부례랑은 거문고와 피리를 가지고 대궐로 들어갔다. 왕은 50냥의 금은으로 만든 그릇 다섯 개씩 두 벌과, 좋은 승복 다섯 벌, 굵은 명주 3,000필, 밭 1만 경을 백률사에 내려 주며 부처님의 큰 은덕에 보답하게 하였다. 또 특별 명령을 내려 죄인들을 모두 풀어 주고, 관리들은 벼슬 3계급씩을 높여 주었다. 아울러 백성에게는 3년간의 조세를 면제해 주고, 절의 주지스님을 봉성사奉聖寺로 옮겨 와 살게 하였다.

한편 부례랑과 안상, 그리고 부례랑의 부모에게는 각각 대각간大角干, 대통大統, 태대각간太大角干, 사량부沙梁部 경정궁주鏡井宮主의 벼슬을 내려 주었다. 또한 창고를 맡았던 다섯 관리를 모두 용서하고 이들에게도 각각 오급五級의 벼슬을 내려 주었다.

그런데 다음 달인 6월 12일에 혜성이 동쪽 하늘에 나타나더니 17일에 또 서쪽 하늘에 나타났다. 천문을 맡아 보는 관리가 왕에게 아뢰었다.

"이것은 거문고와 피리에게 벼슬을 내리지 않아서 생긴 일입니다."

왕이 깜짝 놀라 피리를 만만파파식적萬萬波波息笛이라고 명하니 혜성은 곧 사라졌다. 그 뒤에도 피리와 관련한 신령스럽고 이상한 일이 많이 일어났다.

어머니의 기도를 들어준 민장사의 관음

우금리에 보개寶開라는 가난한 여자가 살았다. 그 여자에게는 장춘長春이라는 아들이 있었는데, 바다의 장사꾼을 따라간다며 나가더니 며칠이 지나도록 돌아올 줄 몰랐다. 애가 탄 보개는 민장사敏藏寺의 관음보살 앞으로 달려가 정성껏 기도를 드렸다. 그랬더니 이레째 되는 날 아들 장춘이 문득 돌아왔다.

어머니는 아들을 얼싸 안으며 그 동안 돌아오지 못한 까닭을 물었다.

"사실은 바다에서 회오리바람을 만나 배가 부서져 버렸습니다. 그 바람에 배에 탔던 동료들은 모두 죽음을 당하였지요. 저는 겨우 널빤지 하나를 얻어 타고 목숨을 부지하여 오吳나라의 어느 바닷가에 닿았습니다. 오나라 사람들이 저를 데려다가 들에서 농사를 짓게 하였습니다.

그런데 어느 날 마치 고향사람같이 푸근한 스님 한 분이 오더니 저를 성심껏 위로하며 함께 가자고 하였습니다. 묵묵히 스님을 따라 한참을 가는데 깊은 도랑이 앞을 가로막았습니다. 스님은 저를 겨드랑이에 끼고 도랑을 훌쩍 뛰어넘었습니다. 정신이 가물가물하는데 어디선가 우리 집 말소리가 들리는 것 같아 정신을 차려 보니 어느덧 이곳이었습니다."

저녁때에 오나라를 떠났는데, 이곳에 도착한 것이 겨우 오후 7, 8시였다. 경덕왕은 이 말을 듣고 민장사에 밭을 시주하고 또 재물도 내렸다.

화랑으로 태어난 미륵과 진자스님

신라 제24대 진흥왕의 성은 김씨金氏이고 이름은 삼맥종彡麥宗 혹은 심맥종深麥宗이라고 한다. 왕은 큰아버지 법흥왕의 뜻을 이어 정성껏 부처를 받들고 곳곳에 절을 세웠으며 많은 사람을 승려가 될 수 있게 도와주었다.

진흥왕은 타고난 성품이 풍류가 있어 신선을 숭상하였으며, 민가의 처녀들 중에 아름다운 여자를 뽑아서 원화原花로 삼았다. 원화란 무리에서 아름다운 사람을 뽑아 그들에게 효성과 우애, 충성과 신의를 가르치는 제도였다. 이것은 나라를 다스리는 큰 요체이기도 하였다. 이때 남모랑南毛娘과 교정랑姣貞娘이라는 두 여자가 원화로 뽑혔는데 이들에게 모여든 사람만도 3,4백 명이나 되었다.

그런데 이 두 원화는 질투와 시기로 서로 사이가 좋지 못하였다. 어느 날, 평소 남모를 질투한 교정이 술자리를 마련한 뒤 남모를 불러 취하도록 술을 실컷 먹였다. 그리고 아무도 몰래 북천北川으로 데리고 가서 큰 돌 밑에 묻어 죽여 버렸다. 남모의 무리는 남모가 갑자기 사라지자 간 곳을 몰라 한동안 슬피 울다가 돌아갔다.

그러나 비밀은 없는 법, 교정의 범행을 아는 사람이 있었다. 그는 교정의 범행을 노래로 만들어 거리의 아이들에게 부르게 하였다. 노래는 순식간에 퍼져 노래를 들은 남모의 무리가 남모의 시체를 북천 속에서 찾아내었다. 남모의 무리는 분노하여 교정을 죽여 버렸다.

이 모든 사실은 왕에게 보고되었고, 왕은 화가 나 원화 제도를 폐지하였다.

여러 해가 지난 뒤 왕은 나라를 일으키려면 그래도 풍월도*가 있어야 한다고 생각했다. 왕은 다시 명령을 내려 이번에는 좋은 집안의 남자 중에 덕이 있는 사람을 뽑아 화랑花郎이라 하였다. 그리고 설원랑薛原郎을 국선國仙으로 삼았다. 이것이 화랑 국선의 시초이다.

진지왕 때 흥륜사興輪寺에 진자眞慈스님이 살았는데, 그는 항상 미륵상 앞에서 소원을 빌었다.
"미륵불이시여, 부디 화랑으로 이 세상에 태어나소서. 제가 항상 가까이서 뵙고 모시며 시중을 들겠나이다."
진자의 정성스럽고 간절한 마음이 날이 갈수록 더하자, 어느 날 밤 꿈에 스님 한 분이 나타나 말했다.
"웅천熊天 수원사水源寺에 가면 미륵선화彌勒仙花를 만나볼 수 있을 것이다."
진자는 꿈에서 깬 뒤 바로 수원사를 찾아 길을 떠났다. 한 발자국 뗄 때마다 절을 하며, 열흘을 가 드디어 수원사에 이르렀다. 수원사에 이르자 문밖에 곱게 생긴 웬 소년 하나가 예쁜 눈매와 입맵시로 반갑게 인사하더니 작은 문으로 그를 안내하였다. 진자가 머리를 숙여 인사하며 말했다.

* 풍월도(風月道) | 화랑도(花郎道)를 말한다.

"그대는 나를 모를 것인데 어찌하여 이렇듯 극진하게 대접하는가?"

소년이 말했다.

"저 또한 서울 사람입니다. 스님이 먼 곳에서 오셨기에 위로했을 뿐입니다."

소년은 곧 문밖으로 나가더니 어디로 갔는지 알 수가 없었다. 진자는 '우연이겠지.' 라고 생각하였다.

진자는 곧 수원사의 스님들을 뵙고 자신의 지난 밤 꿈 이야기와 여기까지 온 뜻을 전하며 머물기를 청하였다.

"잠시 저 아랫자리에서 미륵선화를 기다려도 되겠습니까?"

수원사의 스님들은 진자의 말이 다소 엉뚱했지만 마음만은 너무도 진실해 보여 이렇게 말했다.

"여기서 남쪽으로 가면 천산이라는 곳이 있소. 예부터 어질고 지혜롭고 사리가 밝은 사람들이 살아 영험이 많다는 곳이오. 그곳으로 가 보는 것이 좋을 게요."

진자는 스님들의 충고에 따라 다시 산 아래로 내려갔다.

산에 이르니, 노인으로 변한 한 신령이 나와 진자를 맞으며 말했다.

"여기에 무엇하러 왔는가?"

진자가 대답하였다.

"미륵선화를 보고 싶어서 왔습니다."

노인이 또 말했다.

"저번에 수원사 문밖에서 이미 미륵선화를 보았을 텐데, 또 무엇을 보려는 것인가?"

진자는 순간 정신이 번쩍 들어 그 길로 흥륜사로 달려갔다.

그런 지 한 달이 조금 넘은 무렵, 진지왕이 진자의 이야기를 듣고 그를 불러 말했다.

"그 소년이 스스로 서울 사람이라고 하지 않았는가? 성인은 거짓말을 하지 않는 법이니 성안을 찾아보는 것이 좋을 것 같네."

진자는 왕의 뜻을 받들어 무리를 모아 마을을 돌며 소년의 행방을 찾았다. 영묘사靈妙寺 동북쪽 길가에 이르렀을 즈음, 나무 밑에 빼어난 용모의 한 소년이 놀고 있는 것이 보였다. 진자는 예사롭지 않은 느낌이 들어 얼른 그에게 다가갔다. 그리고 놀라서 이렇게 외쳤다.

"이분이 바로 미륵선화이시다."

진자는 뛰는 가슴을 억누르며 감격에 겨워 소년에게 물었다.

"당신의 집은 어디시며 당신의 성은 무엇입니까?"

그러자 그 소년이 대답했다.

"내 이름은 미시未尸입니다. 어렸을 때 부모를 모두 여의어 성은 모릅니다."

진자는 그를 가마에 태워 궁에 데려온 뒤 왕께 뵈었다. 왕은 그를 존경하고 사랑하여 국선으로 삼았다.

  미시랑은 화랑도 무리를 서로 화목하게 하였으며, 예의와 가르침이 보통 사람과 달랐다. 그는 7년간 그렇게 이름을 빛내더니 갑자기 자취를 감추었는데 어디로 갔는지 알 수가 없었다.

  진자는 미시랑을 몹시 그리워하면서 그에게서 받은 자애로운 사랑과 맑은 가르침을 이어 스스로 뉘우치고 정성을 다하며 계속해서 도를 닦았다. 그러나 진자도 만년에 행방을 알 수 없었다.

노힐부득과 달달박박

옛날 백월산 동남쪽 선천촌仙川村이라는 마을에 노힐부득努肸夫得과 달달박박怛怛朴朴이라는 두 사람이 살았다. 이들은 무척 사이좋은 친구였다.

스무 살이 되자 두 사람은 모두 마을 동북쪽 고개 너머의 법적방法積房에 가서 머리를 깎고 승려가 되었다. 두 사람은 그곳에서 몇 해 수행을 하다가, 다시 마을 서남쪽 치산촌稚山村 법종곡法宗谷의 승도촌僧道村에 있는 오래된 절로 거처를 옮겨 수행을 계속하였다. 노힐부득은 회진암懷眞庵에서 살고, 달달박박은 유리광사琉璃光寺에서 지냈다. 이들은 모두 아내와 함께 살면서 서로 친하게 왕래하며 지냈다. 하지만 두 사람 모두 속세를 떠나려는 마음을 잠시도 잊어 본 적이 없었다.

어느 날 두 사람은 세상의 무상함을 느끼며 서로에게 말했다.

"기름진 밭과 풍년든 해가 좋긴 하지만 옷과 음식이 마음먹은 대로 생기고 저절로 배부르고 따뜻한 것만은 못하고, 또 아내와 집이 참으로 좋긴 하지만 연화장세계*에서 여러 부처님과 앵무새, 공작새와 함께 놀면서 즐기는 것만은 못할 것이네. 불도를 배우면 마땅히 부처가 되고, 참된 것을 닦으면 반드시 참된 것을 얻어야 하는 것 아닌가? 지금 우리는 이미 머리를 깎고 중이 되었으니, 몸에 얽매인 것을 모두 벗어버리고 무상의 도*를 이루어야 할

---

* 연화장(蓮花藏)세계 | 불교에서 말하는 극락세계.
* 무상(無相)의 도 | '일체의 집착을 떠난 경지'로 불교 수행의 최고의 경지를 말한다.

것이네. 이 풍진* 속에 파묻혀 세속의 무리와 같이 지내서야 되겠는가?"

두 사람은 드디어 아내와 자식을 모두 버리고 인간 세상을 떠나 깊은 골짜기에 숨어 오직 수행에만 전념하기로 굳게 결심하였다. 그렇게 결심을 한 그날 밤, 꿈을 꾸었는데 서쪽 하늘에서 백호광*이 내려오더니 금빛 팔로 두 사람의 이마를 쓰다듬었다. 꿈에서 깨어 얘기를 해 보니 두 사람의 꿈이 똑같았다. 둘은 한참 동안을 감탄하다가, 드디어 백월산白月山 무등 골짜기로 들어갔다.

박박은 북쪽 고개의 사자암에 자리를 잡고, 부득은 동쪽 고개 돌무더기 아래 물이 있는 곳에 자리를 잡았다. 이들은 각각 암자를 짓고 살면서, 부득은 미륵불을, 박박은 미타불을 정성껏 섬기며 수행하였다.

수도 생활을 한 지 3년이 채 되지 않은 해 4월 초파일이었다. 해가 막 저무는데 한 스무 살쯤 되어 보이는 아름다운 여자가 난초 향을 풍기며 박박이 거처하는 북암에 오더니 자고 가기를 부탁하였다.

해는 떨어져, 온 산 어두운데
길은 끊어지고 인가는 아득하네요.
오늘 이 암자에서 자려 하오니
자비스러운 스님께선 화내지 마세요.

그러나 박박은 냉정하게 여자의 부탁을 거절했다.

"절은 깨끗함을 지키는 것이 근본입니다. 당신과 같은 여자가 가까이 올 곳이 못 되니 지체 말고 어서 다른 곳으로 가시오."

박박은 문을 닫고 들어가 버렸다.

여자는 하는 수 없이 발길을 돌려 부득이 거처하는 남쪽 암자로 가서 또 재워주라 부탁하였다. 그러자 부득이 물었다.

"그대는 이 밤중에 어디에서 오는 길이오?"

여자가 대답했다.

"맑기가 태허*와 같은데 어찌 오고 가는 것이 있겠습니까? 다만 뜻이 깊고 덕행이 높은 분을 도와 보리*를 이루고자 할 뿐입니다."

여자는 말을 마치고 게* 하나를 지어 바쳤다.

해 저문 깊은 산길에,

가도 가도 인가는 보이지 않네.

대나무와 소나무 그늘은 그윽하기만 하고,

---

* 풍진(風塵) | 속세의 혼탁하고 시끄러운 것을 말한다.
* 백호광(白毫光) | 부처의 두 눈썹 사이에 있는 희고 빛나는 가는 털에서 나온다는 광채.
* 태허(太虛) | 하늘. 우주의 근원. 또는 공허(空虛)와 정적(靜寂)의 경지.
* 보리(菩提) | 불타 정각의 지혜 혹은 그것을 얻기 위해 닦는 도.
* 게(偈) | 시의 한 형식으로 부처님의 덕을 찬미하고 불교의 교리를 서술한 것.

골짜기 시냇물소리는 낯설기만 하구나.

잘 곳 구함은 길을 잃어서가 아니요,

스님을 인도하려는 것이니

나의 청만 들어주시고,

누구인지는 묻지 말아 주오.

부득이 말했다.

"이곳은 여자와 함께 있을 곳은 아니지만 중생을 따르는 것도 수행자의 임무이니 그냥 가라고는 하지 않겠소. 더구나 이곳은 깊은 골짜기인 데다가 날도 어두웠으니 일단 안으로 들어오시지요."

부득은 그녀를 맞아 공손히 인사를 하고 암자 안에 머물게 하였다.

밤이 되자 부득은 마음을 더욱 맑게 하고 희미한 등불이 비치는 벽 밑에서 고요히 염불하였다. 막 밤이 새려는데 여자가 부득을 불러 말했다.

"곧 아이를 낳을 것 같습니다. 짚자리를 좀 준비해 주십시오."

부득은 여자가 너무 불쌍해 보여 차마 부탁을 거절하지 못하였다. 짚자리를 마련해 준 뒤, 촛불을 은은히 비춰 주었다. 그러자 해산을 끝낸 여자가 이번에는 목욕을 하고 싶다고 하였다. 부득은 부끄러움과 두려움이 마음속에서 번갈아 일었지만 여자에 대한 애처로운 마음이 더 컸기에 부탁대로 목욕통을 준비해서 목욕을 할 수 있게 도와주었다.

부득이 여자를 목욕통에 앉히고 물을 데워 목욕을 시키는데 순간 통 속 물에서 강한 향기가 풍기더니 갑자기 물이 금빛으로 변하였다. 너무도 급작스런 일에 놀란 부득이 경황 없이 서 있는데 여자가 말했다.

"스님도 이 물에 목욕하시지요."

부득은 여자의 말에 따라 물에 들어가 목욕을 하였다. 그러자 갑자기 정신이 상쾌해지면서 살결이 금빛으로 변하였다. 옆에는 어느새 연꽃 모양의 받침대가 생겨 있었다.

여자는 부득에게 그 연화대蓮花臺에 앉으라 하였다.

"나는 관음보살이오. 스님이 대보리大菩提를 이루는 것을 도우려고 온 것이지요."

관음보살은 말을 마치더니 이내 사라졌다.

한편 여자를 그냥 돌려보낸 박박은 파계했을 부득을 비웃어 주려고 그의 처소로 향하였다. 그런데 가서 보니 놀랍게도 부득이 연화대에 미륵존상이 되어 앉아 있는 것이 아닌가. 박박은 자기도 모르게 머리를 조아려 절을 하고 나서 말했다.

"어떻게 해서 이렇게 되셨습니까?"

부득은 지난밤의 사연을 자세히 말해 주었다. 박박은 깊이 탄식했다.

"아아, 나는 마음속에 가린 것이 있어서 부처님을 만나 뵙고도 바로 대접하지 못했군요. 큰 덕이 있고 어진 그대가 나보다 먼저 성불하였으니, 부디 옛날의 우정을 잊지 말아 주십시오."

부득이 다정하게 말했다.

"통 속에 금물이 남았으니, 그대도 목욕을 하게."

박박이 남은 금물에 몸을 담가 목욕을 하니 부득처럼 살결이 금빛으로 변하더니 아미타불이 되었다. 이제 두 불상은 서로 마주 보고 앉았다.

두 사람이 성불했다는 말을 들은 산 아래 마을 사람들은 다투어 와서 이들을 우러러보고 감탄해 마지않았다. 두 부처는 사람들에게 불법의 요지를 설명하고 나서, 구름을 타고 가 버렸다.

광덕과 엄장

문무왕 때에 광덕廣德과 엄장嚴莊이라는 사이좋은 두 친구가 밤낮으로 약속하며 말했다.

"우리 두 사람 중 먼저 극락세계로 가는 사람은 꼭 상대방에게 알리도록 하세."

광덕은 분황사芬皇寺의 서쪽 마을에서 신을 삼으며 아내와 함께 살았고, 엄장은 남악南岳에 암자를 짓고 농사를 지으며 살았다.

어느 날, 해 그림자가 붉은빛을 띠고 소나무 그늘이 고요히 저물어 갈 무렵, 엄장이 지내는 방 창 밖에서 갑자기 이런 소리가 들렸다.

"나는 이제 서쪽으로 가니 그대는 잘 지내다가 곧 나를 따라오게."

엄장이 문을 열고 나가 보니, 구름 저편에서 하늘의 음악 소리가 들리고 밝은 빛이 땅에 드리워져 있었다.

엄장은 날이 밝자마자 광덕이 사는 곳에 찾아가 보았다. 예상대로 광덕은 죽어 있었다. 엄장은 광덕의 아내와 함께 광덕의 유해를 거두어 장사를 지내 주었다. 돌아오는 길에 광덕의 아내에게 물었다.

"남편이 죽었으니 이제 나와 함께 사는 것이 어떻겠소?"

"그러지요."

광덕의 아내는 순순히 좋다고 하였다. 엄장은 광덕의 집에서 살기로 하였다.

밤이 되어 엄장이 잠자리를 같이한 광덕의 아내를 안으려 하자 그녀가 냉

엄하게 꾸짖었다.

"스님께서 서방정토에 가고자 하는 것은 마치 나무에 올라 물고기를 찾는 것과 같군요."

엄장이 겸연쩍게 물었다.

"광덕과는 이미 그렇게 지냈으면서 나와는 안 된다는 것은 무슨 이유요?"

그녀가 말했다.

"남편은 저와 십여 년을 살았지만 하룻밤도 함께 누운 적이 없습니다. 그러니 몸을 더럽힌 일인들 있었겠습니까? 남편은 밤마다 단정히 앉아 한결같은 목소리로 아미타불阿彌陀佛만을 불렀습니다. 때로는 십육관법*을 수행했는데 수행이 무르익으면 창에 비치는 달 빛 위에 올라가 결가부좌*하였습니다. 이처럼 정성을 쏟았으니 서방정토에 가지 않으려고 한들 어디로 가겠습니까?

천 리 길을 가는 사람은 그 첫걸음부터 알아볼 수가 있습니다. 지금 스님의 행동은 동방으로 가는 것이지 서방으로 간다고는 할 수 없습니다."

엄장은 너무 부끄러워 그 길로 원효법사에게 가 간곡하게 가르침을 부탁

---

* 십육관법(十六觀法) | 16관은 마음을 통일하여 정토(淨土)를 관상(觀想)하는 16가지 방법을 말한다.
* 결가부좌(結跏趺坐) | 불가의 앉는 법의 한가지. 먼저 오른발의 발바닥을 위로 하여 왼편 넓적다리 위에 얹고, 왼발을 오른편 넓적다리 위에 얹는 앉음새.

하였다. 그러고는 몸을 깨끗이 하고 앉아 자신의 잘못을 뉘우치며 오직 한마음으로 도 닦는 데만 열중하였다. 그리하여 엄장도 몇 년 뒤에 서방정토로 갈 수 있었다.

  엄장을 깨우쳐 준 광덕의 아내는 분황사의 계집종으로 관음보살이 모습을 드러낸 열아홉 분 중의 하나였다고 한다.

두 성인을 만난 경흥스님

경흥景興스님은 성이 수씨水氏이며, 웅천주熊川州 사람이다. 열여덟 살에 출가하여 승려가 되었는데 불교 경전에 통달하여 당시에 명망이 매우 높았다.

문무왕이 세상을 떠나기 직전, 신문왕을 부르더니 경흥스님을 부탁하며 이렇게 말했다.

"경흥법사는 국사가 될 만한 사람이다. 내 명을 잊지 말도록 하여라."

문무왕의 뒤를 이어 왕위에 오른 신문왕은 명을 잊지 않고 경흥을 국로*로 책봉하였다.

그런데 경흥이 국로가 된 지 얼마 되지 않아 갑자기 알 수 없는 병에 걸려 한 달이 넘도록 병석에서 일어나지 못하였다. 원인도 모르는 병을 시름시름 앓던 어느 날이었다. 한 여승이 문안을 오더니 『화엄경華嚴經』 속의 '착한 벗이 병을 고쳐 준다.'는 말을 인용하며 이렇게 말했다.

"지금 스님의 병은 마음속 근심 때문에 생긴 것입니다. 기쁘게 웃으면 병은 곧 나을 것입니다."

여승은 이렇게 말하고 나서 경흥 앞에서 열한 가지 모습의 우스운 춤을 추었다. 자유자재로 변하는 춤의 모습이 너무나 우스워서 웃다가 턱이 빠질 지경이었다. 정신없이 웃고 나니 경흥의 병은 씻은 듯이 나았다.

여승은 문을 나가 남항사南巷寺로 들어가더니 숨어 버렸다. 그녀가 가지

---

* 국로(國老) | 왕의 자문에 응하거나 불교계를 조정하는 역할을 하는 불교계의 원로.

고 있던 지팡이만 관음보살 그림 앞에 놓여 있었다. 관음보살이 여승의 모습으로 와서 경흥의 병을 고쳐 준 것이다.

다음은 경흥스님이 문수보살을 만난 이야기다.

경흥 일행이 동문 밖에서 대궐로 들어갈 채비를 차리고 있을 때다. 화려한 말과 안장에, 멋진 신과 갓을 제대로 갖춘 경흥 일행은 누가 봐도 위엄이 있었다. 길 가는 사람들은 모두 그 기세에 눌려 길을 비켜 주곤 하였다.

그때 몹시 어수룩한 차림의 스님 한 분이 한 손엔 지팡이를 짚고, 등에는 마른 물고기가 가득 든 광주리를 지고 길에서 쉬고 있었다. 경흥의 일행 중 한 사람이 그를 꾸짖으며 말했다.

"당신은 승복을 입은 사람인데 어찌 그리 깨끗하지 못한 물건을 지고 있소?"

그 스님이 빈정대듯 말했다.

"산 고기(말)를 두 다리 사이에 낀 것보다는 낫지 않소?"

그는 이 말만을 남기고 벌떡 일어나 가 버렸다.

이때 마침 문을 나오던 경흥이 그 말을 들었다. 경흥은 얼른 사람을 시켜 그를 쫓아가게 하였다. 스님은 남산 문수사文殊寺 문밖에 광주리를 버리고 숨었는데, 그가 짚었던 지팡이는 문수보살상 앞에 있었다. 광주리 속을 보니 그가 가지고 있던 마른 고기는 다름 아닌 소나무 껍질이었다.

스님을 쫓아갔던 사람이 달려와 이 사실을 아뢰니 경흥이 탄식하며 말했다.

"문수보살께서 내가 말을 타고 다니는 것을 경계한 것이구나."

그 뒤로 경흥은 죽을 때까지 말을 타지 않았다고 한다.

문수보살을 만난 연회스님

원성왕 때 연회緣會스님은 세상에 이름이 알려지는 것을 싫어하여 영취산靈鷲山에 숨어 살며 수행에만 열중한 덕이 높은 스님이다. 연회가 사는 정원의 연못에는 연꽃 두세 송이가 항상 피어 있었는데 신기하게도 사시사철 시들지 않았다. 원성왕은 연꽃이 시들지 않음은 연회의 깊은 수행 때문이라고 생각하여 그를 국사로 삼으려 하였다.

그러나 연회는 세상에 나가는 것이 싫어 왕의 명을 피해 더 깊은 산으로 도망하였다. 서쪽 고개 바위 사이를 넘어가려는데 노인 한 분이 밭을 갈다가 연회를 보고 물었다.

"스님은 지금 어디로 가시는 길입니까?"

"나라에서 저를 벼슬로 얽매려 하기에 피해 도망가는 것입니다."

그러자 노인은 빈정대며 말했다.

"여기에서도 이름을 팔 수가 있을 텐데 어째서 수고로이 멀리까지 가서 팔려고 하십니까? 스님이야말로 이름 팔기를 싫어하지 않는 것 같습니다."

연회는 노인의 말이 자신을 업신여기는 듯하여 매우 불쾌하였다.

다시 걸음을 재촉해 몇 리를 가다가 시냇가에서 또 다른 노인을 만났다. 그 노인도 앞서 만난 노인처럼 어디로 가는 길이냐고 물었다. 연회는 앞서와 같이 왕의 명을 피해 도망가는 길이라고 대답하였다. 그러자 노인이 물었다.

"앞에서 혹 어떤 사람을 못 만났습니까?"

"한 노인을 만났지요. 한데 저에게 모욕을 주어 무척 불쾌했습니다."

"그분이 바로 문수보살이랍니다. 그것도 모르고 그분의 말을 듣지 않았으니, 어찌하면 좋겠습니까?"

연회는 너무 놀라 아까 노인을 만난 곳으로 급히 달려갔다. 그리고 노인에게 머리 숙여 사죄하였다.

"저의 무례함을 용서하십시오. 제가 어찌 성인의 말씀을 듣지 않을 수 있겠습니까? 그래서 이렇게 다시 돌아왔습니다. 그런데 제가 조금 전에 만난 시냇가의 노파는 누구십니까?"

"그분은 변재천녀辯才天女시니라."

노인은 말을 마치고 바로 모습을 감추어 버렸다.

연회는 발을 돌려 원래 살던 암자로 돌아왔다. 조금 있으니 왕의 명을 받은 신하가 와서 연회를 불렀다. 연회는 자신이 마땅히 받아야 할 명으로 알고 나아가 왕의 명을 받았다. 대궐로 들어가니 왕은 그를 곧 국사로 봉하였다.

효소왕을 깨우친 석가모니

효소왕이 당나라 황실의 복을 빌기 위해 망덕사望德寺를 세우고, 직접 낙성회에 참가하여 공양을 드리는데 몹시 초라한 행색을 한 스님 한 분이 오더니 뜰에 서서라도 재에 참석하게 해줄 것을 부탁하였다. 왕은 이를 허락하고 가장 끝자리에 앉게 하였다.

 재가 모두 끝난 뒤 왕은 업신여기는 듯한 말투로 그에게 물었다.
 "그대는 어디에 사는가?"
 "비파암에 삽니다."
 "그럼 이제 돌아가거든 다른 사람들에게는 국왕이 몸소 불공하는 재에 참석했다고 말하지는 말게."
 그러자 스님은 빙그레 웃으면서 말했다.
 "폐하께서도 역시 다른 사람들에게 석가모니의 진신을 공양했다고 말하지는 마십시오."
 그는 말을 마친 후 몸을 솟구쳐 하늘로 올라가더니 남쪽을 향하여 갔다.
 왕은 너무 부끄러워 동쪽 언덕으로 뛰어 올라가서 그가 간 곳을 향해 절하였다. 그리고 사람을 시켜 그를 찾았으나, 그는 온데간데없었다. 다만 남산 삼성곡參星谷 혹은 대적천원大磧川源이라고 하는 돌 위에 그가 지녔던 지팡이와 바리때만이 놓여 있었다.
 신하가 돌아와 이런 사실을 아뢰니 왕은 스님이 살았다고 한 비파암 밑에 석가사釋迦寺를, 스님의 자취가 없어진 곳에는 불무사佛無寺를 세우고 지팡이와 바리때를 각각 두 절에 나누어 소중히 모셔 두게 하였다. 두 절은 지금까지도 남아 있으나 지팡이와 바리때는 없어졌다.

『지론智論』 제4에 이런 이야기가 있다.

옛날에 삼장법사가 일왕사一王寺에서 열리는 법회에 참석하고자 그곳을 방문하였는데 옷이 누추한 것을 본 문지기가 안으로 들어가지 못하게 가로막았다. 법사는 여러 번 들어가려 했지만 문지기는 그럴 때마다 옷이 추하다며 거절하였다.

법사는 결국 좋은 옷을 빌려 입고서야 겨우 모임에 들어갈 수 있었다.

자리에 앉으니 여러 가지 맛난 음식이 차려져 나왔다. 삼장은 음식을 옷에게 먹였다. 자신은 먹지 않고 옷에게만 음식을 먹이는 괴이한 광경을 본 주변 사람들이 이유를 물었다.

"어찌해서 옷에다 음식을 주는 것입니까?"

그가 대답했다.

"추레한 옷을 입고 왔을 때는 안 들여보내 주더니, 잘 차려 입고 오니 들어오게 합디다. 그러니 다 이 옷 때문에 이 자리에 오게 된 것 아닙니까? 옷 때문에 이 좋은 음식을 얻었으니 마땅히 옷에게 음식을 주어야지요."

효소왕이 부처님의 진신을 알아보지 못한 것은 아마도 이 같은 사례일 것이다.

낙산의 두 성인 관음과 정취

옛날 의상법사義相法師가 막 당나라에서 돌아왔을 때의 일이다.

의상은 동해 바닷가 어느 굴 안에 관음보살의 진신眞身이 산다는 말을 듣고, 이곳을 낙산洛山이라고 이름하였다. 이는 관음보살이 머물러 있다는 인도의 보타낙가산寶陀洛伽山에서 이름을 따온 것이다. 의상은 그곳에서 머물며 정성스럽게 재계를 하였다.

그런 지 이레가 된 날이었다. 불법을 수호하는 신령들이 의상에게 오더니 그를 굴속으로 안내하였다. 신령들을 따라 굴 안으로 들어간 의상은 먼저 공중을 향해 예를 올렸다. 그러자 갑자기 수정 염주 한 꾸러미가 그의 앞에 떨어졌다. 의상이 이것을 받아 가지고 공손히 물러 나오는데, 이번에는 동해의 용이 나타나 여의주 한 알을 바쳤다. 의상은 수정염주와 여의주를 소중히 받아들고 나와서 다시 이레 동안 재계하였다. 그리고 굴 안으로 들어갔더니 비로소 관음이 참 모습을 드러내며 말했다.

"이 자리 위의 산마루에 대나무 한 쌍이 솟아날 것이니, 그곳에 불전을 짓도록 하여라."

의상이 굴에서 나와 보니 과연 대나무 한 쌍이 땅에서 솟아 있었다. 의상은 그 자리에 금당金堂을 짓고 관음상을 만들어 모셨다. 관음상의 둥근 얼굴과 고운 바탕은 마치 천연적으로 생긴 것 같았다. 대나무는 그 후 바로 없어졌다.

의상은 그제야 관음의 진신眞身이 계셨던 곳임을 알고 절 이름을 낙산사洛

山寺라 하였다. 그리고 자신이 받은 구슬 두개를 성전聖殿에 잘 모셔 두고 그 곳을 떠났다.

다음은 원효법사가 관음의 진신이 있는 낙산사에 예를 올리러 오던 중에 겪은 일이다.

원효는 남쪽 교외를 지나다가 논에서 흰 옷을 입고 벼를 베고 있는 한 여인을 만났다. 원효는 장난기가 발동하여 벼를 자기에게 달라고 청하였다. 여인은 벼가 아직 영글지 않았다고 대답하였다.

또 가다가 다리 밑에 이르렀는데 한 여인이 월경대를 빨고 있었다. 원효는 여인에게 다가가 물을 달라고 청하였다. 여인은 월경대를 빨던 더러운 물을 그대로 떠서 바쳤다. 원효는 더럽다며 물을 바닥에 엎질러 버리고 냇물을 새로 떠서 마셨다.

이때 들의 소나무에서 파랑새 한 마리가 그를 부르더니 말했다.

"스님은 그만두시지요."

새는 영문도 모를 이 말만을 남기고 날아가 버렸다. 새가 앉았던 그 소나무 밑에는 신 한 짝이 벗겨져 있었다.

원효가 낙산사에 도착하여 관음보살상 앞에 가 보니 아까 본 신 한 짝이 바닥에 있었다. 원효는 그제야 오는 길에 만났던 여인이 관음의 진신임을 알았다. 이 일 때문에 당시 사람들은 그 소나무를 관음송觀音松이라고 불렀다.

원효는 굴에 들어가서 관음의 진신을 보려고 하였다. 그러나 풍랑이 거세게 일어 들어가지도 못하고 그대로 떠나올 수밖에 없었다.

굴산조사堀山祖師 범일梵日이 명주明州 개국사開國寺에 들렀는데 왼쪽 귀가 없는 승려 하나가 맨 끝자리에 앉아 있다가 범일을 보더니 가까이 와 말을 건넸다.

"반갑습니다. 스님. 저도 신라 사람입니다. 저희 집은 명주의 경계인 익령현翼嶺縣 덕기방德耆坊이지요. 스님께 부탁이 있습니다. 고국에 돌아가시거든 제발 저희 집을 좀 지어 주십시오."

범일은 처음 보는 사람의 영문도 모를 부탁이지만 뭔가 절실한 사정이 있는 듯하여 차마 거절하지 못하고 그러마고 약속하였다.

그 후 범일은 당나라를 두루 돌아다니며 불법을 배우고, 신라로 돌아와 굴산사堀山寺를 세워 불교를 전하였다.

그러던 어느 날 밤이었다. 꿈에, 전에 본 귀 없는 승려가 창문 밑에 와서 말했다.

"옛날에 명주明州 개국사開國寺에서 스님과 약속한 것이 있지요. 그런데 어찌 이렇게 늦는 것입니까?"

범일은 깜짝 놀라 꿈에서 깬 뒤, 지난날 그와의 약속을 떠올렸다. 그리고 곧바로 수십 명의 사람을 데리고 익령 경계에 가서 그의 집을 찾아다녔다.

　　　　　　　　때마침 한 여인이
　　　　　낙산 아래 마을에 살고 있었는데,
　　　이름을 물으니 덕기德耆라고 하였다. 덕기에게는 여덟
살 난 아들이 하나 있었는데, 하루는 마을 남쪽 돌다리 가에 나가 놀다가 뛰어 들어와 어머니께 말했다.
　"어머니, 저랑 노는 아이 중에 금빛이 나는 아이가 있습니다."

어머니는 이 말을 얼른 범일에게 전하였다. 범일은 덕기의 아들이 놀았다고 한 돌다리 밑에 가 보았다. 다리 밑 물속에는 돌부처 하나가 있었는데 꺼내 보니 한 쪽 귀가 없는 것이 전에 개국사에서 만난 바로 그 승려의 모습이었다. 곧 정취보살의 불상이었다.

범일은 곧 절을 지을 곳을 점쳐 낙산에 불전을 짓고 이곳에 정취불을 소중히 모셔 두었다. 백년 뒤 큰 화재가 있었지만 관음, 정취 두 성인을 모신 불전만은 불에 타지 않았다.

그 뒤 몽고군이 침입하자 관음, 정취 두 성인의 불상과 의상이 받았던 염주와 여의주를 양주성襄州城으로 옮겼다. 하지만 몽고 군사가 워낙 급하게 공격을 해 와 양주성도 위험한 지경이 되었다. 절의 주지인 아행阿行이 두 보물을 은으로 만든 합에 넣고 도망하려 하자 절의 종 걸승乞升이 막으며 말했다.

"이 보물은 제가 지킬 것입니다."

걸승은 두 보물을 땅속에 깊이 묻으며 맹세했다.

"내가 만일 전쟁에서 죽음을 피하지 못한다면 두 구슬은 끝내 인간 세상에 나타나지 못하겠지만, 내가 만일 죽지 않는다면 두 보물을 받들어 나라에 바칠 것이다."

갑인甲寅년 10월 22일에 양주성은 함락되었고 주지 아행은 죽음을 면치 못하였다. 그러나 걸승은 용케도 살아남았다.

몽고군이 물러가자 걸승은 양주성으로 돌아와 땅에 묻은 구슬을 꺼내어 명주도溟州道의 창고 관리인에게 바쳤다. 당시 창고 담당 관리는 이녹수李祿綏였는데, 그는 이것을 받아 감창고監倉庫에 잘 간직해 두고 교대할 때마다 서로 전해서 이어받았다.

몇 년 뒤인 무오戊午년 11월에 기림사祇林寺 주지 각유覺猷스님이 임금께 아뢰었다.

"낙산사의 두 보물은 나라의 신비한 보배입니다. 양주성이 함락될 때, 그 절의 종이었던 걸승이 땅속에 묻어 두었다가 적병이 물러간 뒤에 파내서 창고 관리인에게 바쳐 간직해 왔습니다. 그러나 지금 명주성도 지킬 수가 없는 형국이니 어서 그것을 대궐로 옮겨 모시는 것이 좋겠습니다."

임금은 이를 허락하고 야별초* 열 명을 명주성으로 보내어 두 보물을 궁중 창고로 옮겨 모시게 하였다. 그리고 일을 한 열 명에게는 각각 은 한 근과 쌀 다섯 석을 주었다.

---

* 야별초(夜別抄) | 야간 순찰을 위해 조직한 특별 부대.

조신의 꿈

　세규사世逵寺의 조신調信 스님은 명주 날리군捺李郡에 위치한 절의 장원을 맡고 있었다. 조신은 그곳에서 우연히 만난 날리군 태수 김흔金昕공의 딸을 깊이 사랑하게 되었다.

　조신은 날마다 낙산사 관음보살 앞에 나아가 그녀와 함께 살게 해 달라고 부처님께 빌었다. 그러나 조신의 간절한 바람에도 불구하고 그녀는 다른 남자에게 시집을 가 버리고 말았다. 조신은 불상 앞에 가서, 자기의 소원을 들어주지 않은 관음보살을 원망하며 날이 저물도록 슬피 울었다. 울다 지친 그가 얼핏 잠이 들었을 때다.

　갑자기 법당 문이 열리더니, 평소에 연모하던 김 낭자가 기쁜 얼굴로 사뿐히 들어와 웃으며 말했다.

　"저는 지난번 스님을 잠깐 뵌 뒤로 스님을 사랑하게 되어, 한 순간도 잊지 못하였습니다. 그러나 부모의 명령 때문에 억지로 다른 남자에게 시집을 가게 되었지요. 이제 스님과 부부가 되고 싶어 이렇게 스님을 찾아왔습니다."

　조신은 너무 기뻐, 바로 그녀와 함께 고향으로 돌아갔다.

　두 사람은 40여 년을 함께 하며 자녀도 다섯이나 낳고 행복하게 살았다. 하지만 생활은 점점 어려워져 집은 겨우 한 칸 뿐이고, 끼니를 이을 음식마저도 구하기가 어려운 지경이 되었다. 하는 수 없이 부부는 다섯 아이를 데리고 사방으로 다니며 겨우 구걸하여 먹고 지냈다. 그러기를 어느덧 10년, 옷은 찢어져 너덜너덜한 것이 이젠 몸도 가릴 수가 없는 형국이 되었다.

그러던 어느 날 명주 해현령蟹縣嶺을 지나던 열다섯 살 난 큰아이가 굶주림에 지쳐 쓰러지더니 일어나지 못하고 그만 그 자리에서 죽고 말았다. 부부는 서럽게 통곡하면서 아이를 길가에 묻었다.

부부는 남은 네 아이를 데리고 우곡현羽曲縣이란 곳에 가 길가에 띳집을 짓고 살았다. 이제 부부는 늙고 병든데다 굶주리기까지 하여 일어나지도 못하였다. 겨우 열 살 된 딸아이가 이들을 대신하여 밥을 빌러 다녔는데, 하루는 이 딸마저 마을로 구걸을 갔다가 그만 사나운 개에게 물리고 말았다. 고

통스러워하며 부모 앞에 와서 울부짖는 딸아이를 보니 부모 마음은 찢어지는 듯 아팠고, 목이 메어 무어라 말을 할 수도 없었다. 하염없이 눈물만 흘릴 뿐이었다.

한참을 그렇게 울던 조신의 아내가 눈물을 닦고 마음을 가다듬더니 말을 꺼냈다.

"내가 처음 당신을 만났을 때 당신은 얼굴도 잘 생겼고, 젊었으며, 옷도 깨끗했습니다. 저는 음식 한 조각도 그대와 나누어 먹고, 한 가지 옷도 그대와 나누어 입으며 50년 동안 정말 행복하게 잘 지냈습니다. 부부 사이의 정도 친밀해지고 사랑도 굳어졌으니 당신과 저는 깊은 인연이라고 할 만하지요.

그러나 요 몇 년 사이 몸은 쇠약해지고 병세는 점점 악화되어 남의 집 곁방살이에, 하찮은 음식조차도 빌어올 수 없는 한심한 지경에 이르고 말았습니다. 수많은 문전에서 걸식한 부끄러움도 마치 산처럼 무겁습니다. 아이들의 추위와 배고픔도 미처 돌봐 주지 못하는데 어느 겨를에 부부 사이의 애정을 느낄 수가 있겠습니까?

예쁜 얼굴, 환한 웃음도 다 풀잎의 이슬이요, 향기로운 난초 같은 약속도 바람에 나부끼는 버들가지에 지나지 않습니다. 이제 당신에게 나는 짐이요, 나는 그대 때문에 편할 날이 없습니다. 가만히 옛날의 기쁜 일들을 생각해 보니, 그것이 바로 근심의 시작이었음을 알겠습니다. 그대와 내가 어찌해서 이런 지경에 이르렀습니까?

뭇 새가 다 함께 굶어죽는 것보다는 차라리 짝 잃은 난새가 거울을 보며 짝을 부르는 것이 낫지 않겠습니까? 좋을 때는 가까이 하고 그렇지 못할 때는 멀리 하는 것이 사람의 도리로는 차마 할 수 없는 일입니다. 하지만 나아가고 그치는 것이 사람의 힘만으로 되는 것이 아니고, 헤어지고 만나는 것도 다 운수가 있는 듯합니다. 이제 그만 우리 헤어지기로 합시다."

 조신도 아내의 말에 동의하였다. 두 사람은 각각 아이 둘씩을 데리고 떠나기로 하였다. 아내가 떠나려는 조신에게 말했다.

 "나는 고향으로 갈 테니 당신은 남쪽으로 가십시오."

 아내와 작별하고 막 길을 나서는 순간, 조신은 꿈에서 깨었다.

 타다 남은 등잔불은 깜박거리고 날은 막 밝아오고 있었다.

 아침이 되어 자신의 모습을 살펴보니 수염과 머리털이 모두 하얗게 세어 있었다. 조신은 그저 멍하니 허공만 바라볼 뿐이었다. 도무지 세상일에 뜻이 없고, 괴롭게 살아가는

것도 싫어졌다. 마치 평생의 고통을 다 맛본 듯 재물에도 욕심이 없어졌다. 관음보살의 상을 대하기가 부끄럽고 그간의 잘못을 뉘우치는 마음만 가득하였다.

 멍하니 있다가 불현듯 꿈속에서 아이를 묻은 생각이 나 그곳에 가 땅을 파 보니 놀랍게도 돌미륵이 나왔다. 조신은 물로 잘 씻은 뒤에 근처 절에 모셔 두고 서울로 돌아와 장원을 맡은 책임을 내놓고 재산을 모두 털어 정토사淨土寺를 세웠다. 그리고 부지런히 착한 일을 하며 불도를 닦다가 세상을 마쳤다.

오대산 월정사의 다섯 성인

절 안에 전해 오는 기록에 의하면 처음 오대산 월정사月精寺에 오신 분은 자장법사慈藏法師이다. 자장은 부처님의 진신을 보기 위해 산기슭에 띳집을 짓고 살았다. 하지만 이레가 지나도록 부처님을 뵙지 못하였다. 그래서 묘범산妙梵山으로 들어가 정암사淨巖寺를 세웠다.

자장법사의 뒤를 이어 월정사에 온 분은 신효거사信孝居士이다. 그는 원래 공주公州 사람인데 홀어머니와 살면서 효성을 다하여 어머니를 봉양하였다. 고기가 아니면 아무것도 드시지 않는 어머니 때문에 늘 고기를 구하려고 산과 들을 돌아다녔다.

그러던 어느 날 길에서 학 다섯 마리를 보고 활로 쏘았는데 학 한 마리가 날개의 깃 한 조각을 떨어뜨리고 갔다. 거사는 떨어진 학의 날개 깃 조각을 집어 들어 장난삼아 눈에 대보았다. 그랬더니 놀랍게도 사람들이 모두 짐승으로 보였다. 신효거사는 그날 결국 고기를 한 점도 얻지 못하고 그냥 돌아와 자기의 넓적다리 살을 베어서 어머니께 바쳤다.

그 일이 있은 뒤 그는 출가하여 승려가 되었고, 살던 집은 내놓아 절로 만들었다.

거사는 집을 떠나, 경주에서 하솔河率까지 가면서 줄곧 깃으로 눈을 가리고 사람을 보았다. 여전히 사람들은 모두 짐승으로 보였다. 그런데 어느 한 곳에 이르니 다행히도 사람들이 모두 사람의 모양으로 보였다. 거사는 그곳에서 살고 싶은 마음이 생겨 길에서 만난 늙은 부인에게 살 만한 곳을 물어

보았다.

"서쪽 고개를 넘으면 북쪽으로 향한 골짜기가 있는데 거기가 살 만합니다."

부인은 이렇게 말을 하고 이내 사라졌다. 거사는 이분이 바로 관음보살임을 깨닫고, 곧 자장법사가 처음 띳집을 짓고 살았던 곳으로 들어가 살았다.

거사가 그곳에 머문 지 얼마 되지 않은 어느 날이었다. 어디선가 다섯 명의 스님이 오더니 거사에게 물었다.

"그대가 가지고 온 가사* 한 폭은 지금 어디에 있는가?"

거사가 어리둥절해 하자 그들이 또 말했다.

"그대가 집어서 눈을 가리고 사람을 본 학의 깃이 바로 가사이다."

거사가 놀라 얼른 깃을 꺼내어 주자, 그들은 그 깃을 가사의 뚫어진 폭 속에 갖다 대었다.

그랬더니 그 자리에 꼭 맞았는데, 알고 보니 그것은 깃이 아니고 베였다.

거사는 이 다섯 사람들과 작별하고 나서야 비로소 이들이 바로 부처님을 따라다닌다는 다섯 성인의 화신임을 알았다.

월정사는 처음에 자장법사가 띳집을 짓고 살았고, 다음에는 신효거사가 살았다. 그 다음에는 범일스님의 제자인 신의두타信義頭陀가 암자를 세우고 살았으며 뒤에 또 수다사水多寺의 장로 유연有緣이 와서 살았다. 그 뒤로 점점 큰 절이 되었다. 절의 다섯 성인과 9층 석탑은 모두 성스러운 이들의 자취다.

땅을 보는 지관地官이 "나라 안의 명산 중에서도 이곳이 가장 좋은 곳이니 불법이 오래도록 번창할 것이다." 하였다.

* 가사(袈裟) | 승려들이 입는 옷.

신이한 행적을 보인 **여성** 이야기

비단을 짜 해와 달의 빛을 되돌린 세오녀

신라 제8대 아달라왕 때에 동해 바닷가에 연오랑延烏郎과 세오녀細烏女 부부가 살았다. 하루는 연오랑이 바다에 나가 해초를 따는데 어디선가 바위 하나가 오더니 그를 태우고 어디론가 갔다. 도착한 곳은 일본이었다. 바위를 타고 온 연오랑을 본 일본 사람들은 그를 받들어 왕으로 모셨다.

한편 세오녀는 해초를 따러 간 남편이 돌아오지 않자 바닷가로 나가 남편의 행방을 찾았다. 그러나 남편은 어디에도 보이지 않았다. 한참을 헤매다 보니 바위에 벗어 놓은 남편의 신발 한 짝이 눈에 띄었다. 세오녀는 바위에 올라가 보았다. 그랬더니 바위는 세오녀를 태우고 연오랑 때처럼 일본을 향해 나아갔다.

일본 사람들은 바위를 타고 온 세오녀를 보고 놀라 왕에게 아뢰었다. 왕이 된 연오랑과 세오녀는 이렇게 일본에서 다시 만났다. 연오랑은 세오녀를 왕비로 삼았다.

그런데 이상하게도 이때부터 신라에는 해와 달에 광채가 없어졌다. 왕이 점을 치는 관리를 불러 무슨 영문인지 점을 쳐 보게 하였더니 그가 이렇게 아뢰었다.

"우리나라에 내려와 있던 해와 달의 정기가 이제 일본으로 가 버렸기 때문에 괴변이 일어난 것입니다."

왕은 급히 일본으로 사신을 보내어 연오랑과 세오녀를 신라로 돌아오게 하였다. 그러나 연오랑은 신라로 돌아오라는 사신의 청을 완곡하게 거절했다.

"내가 이 나라에 온 것은 하늘이 시켜서 그런 것인데 어찌 돌아갈 수가 있겠는가? 나의 아내가 짠 고운 비단이 있으니, 이것으로 하늘에 제사를 드리면 해와 달의 빛을 되찾을 수 있을 것이네."

연오랑은 세오녀가 짠 비단을 사신에게 건네주었다.

사신은 신라로 돌아와 왕에게 이런 사실을 모두 보고하였다. 그리고 연오랑이 시킨 대로 세오녀가 짠 비단으로 하늘에 제사를 드렸다. 그러자 신기하게도 해와 달이 예전처럼 빛났다.

왕은 그 비단을 국보로 삼고 왕의 창고에 잘 모셔 두었다. 비단을 모셔 둔 창고를 귀비고貴妃庫라 이름 짓고, 하늘에 제사 지낸 곳을 영일현迎日縣, 또는 도기야都祈野라고 하였다.

빼어난 미모의 수로부인

성덕왕 때 순정공純貞公이 아내 수로水路와 여러 시종을 거느리고 강릉태수로 부임하러 가는 길이었다. 동해 바닷가를 지나던 일행이 잠시 행차를 멈춘 곳은 천 길이나 되는 돌 봉우리가 병풍과 같이 바다를 두르고, 위에 철쭉꽃이 흐드러지게 피어 있는 천하의 절경이었다.

철쭉꽃에 마음을 빼앗긴 수로가 곁의 사람들을 둘러보며 말했다.

"누가 저 위의 꽃을 꺾어다가 내게 주겠는가?"

그러나 시종들은 그곳은 사람이 갈 수 없는 곳이라며 아무도 나서지 않았다.

이때 암소를 끌고 길을 지나가던 한 노인이 부인의 말을 듣고 이렇게 노래하였다.

자줏빛 바위 가에
손에 잡은 암소 놓게 하시고,
나를 부끄러워하지 않으신다면,
꽃을 꺾어 바치오리다.

노인은 노래를 마치더니 철쭉꽃을 한 아름 꺾어 와 수로에게 바쳤다. 노인이 누구인지는 아무도 알지 못하였다.

순정공 일행이 다시 이틀을 가다가 임해정臨海亭에서 잠시 쉬는데 갑자기 바다에서 용이 나타나더니 수로를 끌고 바다 속으로 들어가 버렸다. 순정공은 어쩔 줄 몰라 발만 동동 굴렀다. 이때 한 노인이 나타나 이렇게 말했다.

"옛사람의 말에, '여러 사람의 말은 쇠도 녹인다.' 했소. 그러니 지금 저 바다 속의 용인들 어찌 여러 사람의 입을 두려워하지 않겠소? 마을 백성을 모아다가 노래를 부르며 막대기로 강 언덕을 치게 하면 틀림없이 부인을 다시 만날 수 있을 것이오."

순정공은 노인이 말해 준 대로 마을 사람을 불러 놓고 막대기로 언덕을 치며 이렇게 노래하게 하였다.

거북아, 거북아, 수로부인을 내놓아라.
남의 부인 앗아간 죄 그 얼마나 크랴.
네 만일 거역하고 내놓지 않는다면,
그물로 잡아서 구워 먹으리.

얼마 있으니 과연 아까 그 용이 수로를 데리고 물속에서 나왔다.
순정공은 수로에게 바다 속의 일을 물어보았다.
"칠보로 꾸민 궁전에, 향기로우며 깨끗한 음식들이 인간세계에서는 한 번도 맛보지 못한 것이었습니다."

수로의 옷에서는 이상한 향기가 났는데 이 세상의 것이 아니었다.

수로부인은 용모가 빼어나게 아름다워서 깊은 산이나 큰 못을 지날 때마다 여러 차례 신들에게 붙잡혔다.

호국의 여신 선도산 성모

진평왕 때 지혜智惠라는 비구니는 매우 어질고 착한 여인이었다. 그녀는 안흥사安興寺에 살면서 새로 불전을 수리하려는 마음을 먹었는데 능력이 모자라 안타까워하고 있었다. 그러던 어느 날 얼굴이 매우 아름답고 머리에는 구슬 장식을 한 선녀가 꿈속에 나타나 그녀를 위로하며 말했다.

"나는 선도산 성모이다. 불전을 수리하려는 네 뜻이 기특하여 너에게 금 열 근을 주어 돕고자 한다. 내가 있는 자리 밑에 금이 있으니 꺼내어 주존 세 불상을 장식하도록 하여라. 또 벽 위에 쉰세 분의 부처님과 여섯 성인, 모든 천신과 오악의 신군神君을 그려라. 그리고 매 해 봄, 가을의 10일에 많은 남녀 신도를 모아 놓고 법회를 베풀도록 하여라."

지혜가 놀라 꿈에서 깬 뒤 여러 사람과 함께 신을 모신 사당에 갔더니 과연 자리 밑에 금 160냥이 있었다. 지혜는 그것을 파내어 불전 수리하는 일을 완성하였다.

선도산 성모는 중국 황실의 딸로, 이름은 사소娑蘇였다. 신선의 술법을 배워 우리나라에 와서 머무르면서 오랫동안 돌아가지 않았다. 사소의 아버지가 솔개 발에 편지를 매달아 사소에게 보냈는데 편지의 내용은 이러했다.

"솔개가 머무는 곳에 집을 지어라."

사소는 편지를 보고 솔개를 놓아 날아가게 하였다. 솔개는 선도산에 날아와 멈추었다. 사소는 선도산에 집을 짓고 그곳에 오래도록 머무르면서 신선이 되었다. 이 일로 산 이름을 서연산西鳶山이라고 하였다.

성모는 오랫동안 선도산에서 살면서 나라를 보호하였는데 신령스럽고 이상한 일이 매우 많았다. 그런 까닭에 나라가 세워진 뒤로 항상 선도산을 나라의 중요한 제사를 지내는 곳 가운데 하나로 삼았다.

신라 제54대 경명왕景明王은 매사냥을 매우 좋아하였는데 한 번은 선도산에 올라 매를 놓았다가 그만 잃어버리고 말았다. 왕은 너무도 안타까운 마음에 성모에게 간절히 기도하며 이렇게 약속하였다.

"만일 매를 찾으면 성모聖母께 벼슬을 드리겠습니다."

조금 있으니 매가 날아와서 책상에 앉았다. 왕은 약속대로 성모를 대왕으로 봉하였다.

부처가 된 계집종 욱면

경덕왕 때 아간阿干 귀진貴珍의 집에 욱면이라는 계집종 하나가 있었다. 그녀는 늘 주인을 따라 절에 가 염불하였다. 주인인 귀진은 그녀가 종의 신분에 맞지 않는 짓을 하는 것을 미워하여 매번 곡식 두 섬을 주면서 하룻밤 사이에 다 찧어 놓으라고 하였다. 그러면 욱면은 주인이 시킨 일을 초저녁에 다 마무리하고, 절에 가서 염불하기를 하루도 게을리 하지 않았다.

그날도 욱면은 뜰 옆으로 기다란 말뚝을 세워 두고 두 손바닥을 뚫어 노끈으로 꿴 뒤 말뚝에 매고 합장하며 염불하고 있었다. 그때 문득 하늘에서 이상한 소리가 들렸다.

"욱면은 당堂으로 들어가 염불하여라."

절의 승려들은 이 소리를 듣고 마당에 있는 욱면을 당으로 들게 하였다. 욱면은 당에 들어가서 전처럼 염불하였다.

조금 지나자 하늘에서 음악소리가 들려오더니 욱면이 갑자기 몸을 솟구쳐 지붕을 뚫고 하늘로 올라갔다. 욱면은 하늘에 떠서 가다가 동네 밖에 이르자 마침내 육신을 버리고 부처가 되었다. 그러더니 연화대蓮化臺에 앉아 큰 빛을 발사하며 서서히 서쪽을 향해 갔다. 음악소리는 한참 동안 하늘에서 울려 퍼졌다.

그 당에는 그때 뚫린 구멍이 지금도 남아 있다고 한다.

『승전僧傳』에 이와 유사한 이야기가 전한다.

팔진八珍이라는 스님은 관음보살의 현신인데 그에게는 천 명이나 되는 무리가 있었다. 이들은 두 패로 나뉘어 한 패는 열심히 일을 하였고, 다른 한 패는 정성껏 도를 닦았다. 욱면은 바로 그 일하는 무리 중 한 사람이었는데 계를 얻지 못해서 그만 축생도*에 떨어져 부석사浮石寺의 소가 되었다가 불경을 등에 싣고 다닌 업으로 인하여 아간阿干 귀진貴珍의 집에 계집종으로 태어난 것이다.

욱면은 일이 있어 하가산下柯山에 갔다가 신비한 꿈을 꾸고는 그날로 불도를 닦을 마음을 갖었다. 귀진의 집은 혜숙법사惠宿法師가 세운 미타사彌陀寺에서 그리 멀지 않은 곳에 있었는데 귀진은 항상 그 절에 가서 염불하였다. 욱면은 주인 귀진을 따라가 늘 절의 뜰에서 염불하였다.

이렇게 한 지 9년째 되는 해 정월 스무 하루, 부처에게 예배하던 욱면은 집의 지붕을 뚫고 하늘로 솟구치더니 서쪽을 향해 가 버렸다. 욱면이 서쪽을 향해 가면서 신발 한 짝을 떨어뜨린 소백산에 제1 보리사菩提寺를 짓고, 육신을 버린 산 아래에는 제2 보리사를 지었다. 그 전당殿堂에는 '욱면이 하늘로 올라간 곳'이라고 써 붙였다. 지붕에 뚫린 구멍은 열 아름이나 되었는데 아무리 심한 폭우나 세찬 눈이 내려도 집 안은 젖지 않았다.

욱면이 서승한 뒤에 귀진은 신이한 사람이 의탁해 살던 곳이라 하여 자신의 집을 절로 만들어 법왕사法王寺라 하였다. 지금은 절은 없어지고 빈 터만 남아 있다.

김현을 사랑한 호랑이 처녀

신라에는 매년 2월 초파일에서 15일까지 서울의 남녀들이 모여 흥륜사興輪寺의 탑을 도는 풍속이 있었다.

원성왕 때, 김현이라는 사람이 밤 깊도록 혼자서 흥륜사 탑을 돌고 있을 때였다. 한 처녀가 염불을 하면서 따라 돌고 있었는데 그는 그녀의 아리따운 자태에 그만 마음을 빼앗기고 말았다. 탑 돌기를 마친 김현은 처녀를 이끌고 조용한 곳에 가 자신의 마음을 전하였다. 서로의 마음을 확인한 두 사람은 깊은 사랑을 나누었다.

사랑을 나눈 뒤, 처녀가 집으로 돌아가려 하자 김현은 그녀를 쫓아갔다. 처녀가 제발 따라오지 말라고 하였지만 김현은 막무가내로 따라갔다.

그녀의 집은 서산 기슭에 있었다. 집 안으로 들어가니 나이 많은 할머니 한 분이 김현을 보고 깜짝 놀라 처녀에게 물었다.

"함께 온 자는 누구냐?"

처녀가 두 사람 사이의 일을 사실대로 말하자 할머니는 말했다.

"아무리 좋은 일도 없는 것만은 못하다. 그러나 이미 저지른 일이니 나무랄 수도 없구나. 저 남자를 어서 은밀한 곳에 숨겨라. 네 오빠들이 돌아와 해코지할까 두렵구나."

---

* 축생도(畜生道) | 축생은 불교의 윤회에서 6도(道) – 천상, 인간, 아수라, 축생, 아귀, 지옥 – 의 하나로 기어 다니는 동물류를 말한다. 특히 축생 이하의 셋을 3악도(惡道)라고 하는데 여기에서 태어나면 부처의 가르침을 들을 기회나 능력이 없다고 한다. 그러나 소는 예외로 신심(信心)을 갖고 있는 것으로 믿어졌다.

할머니는 김현을 구석진 곳으로 끌고 가 숨겼다. 조금 있으니 사납게 생긴 호랑이 세 마리가 으르렁거리며 집 안으로 들어오더니 사람의 말을 하였다.
"집에서 사람 냄새가 나는데, 요기를 하면 좋겠구나."
할머니와 처녀는 버럭 화를 내며 말했다.
"혹시 코가 잘못된 것 아니냐? 무슨 냄새가 난다고 야단이냐?"
이렇게 옥신각신하는데 갑자기 하늘에서 꾸짖는 소리가 들렸다.
"너희가 생명을 해치는 것을 너무 즐겨 하니, 마땅히 한 놈을 죽여 악을 징계하겠노라."
호랑이는 무서워 벌벌 떨었다. 오빠들이 걱정하는 모습을 옆에서 조용히 지켜보던 처녀가 마침내 입을 열었다.
"세 오빠께서 만약 멀리 도망가서 앞으로 다시는 나쁜 일을 하지 않겠다고 약속해 주신다면 제가 그 벌을 대신 받겠습니다."
오빠들은 이 말을 듣더니 뛸 듯이 기뻐하며 "그러마." 하고 약속하였다. 그러고는 고개를 숙이고 꼬리를 치며 뒤도 돌아보지 않고 숲 속으로 달아나 버렸다.
오빠들이 나간 뒤 처녀는 숨어 있던 김현에게로 와 말했다.
"처음에 저는 낭군이 우리 집에 오시는 것이 부끄러워 한사코 거절했습니다. 그러나 이제는 숨김없이 진심을 말씀드리겠습니다.
저와 낭군은 비록 종족은 다르지만 하루저녁을 함께 하며 부부의 인연을 맺은 사이입니다. 그러나 세 오빠의 나쁜 행동을 하늘이 미워하여 벌을 내리려 하기에 제가 오빠들을 대신하여 벌을 받기로 하였습니다.

어차피 죽을 목숨, 낯선 사람의 손에 죽는 것보다는 차라리 낭군님의 손에 죽는 것이 낫지 않겠습니까? 제가 내일 마을에 들어가 사람들을 해치면 임금께서는 반드시 높은 벼슬을 걸고 저를 잡으려고 할 것입니다. 그때 낭군은 겁내지 마시고 저를 쫓아 성 북쪽의 숲 속까지 오십시오. 제가 기다리고 있겠습니다."

처녀의 말을 들은 김현이 너무 기가 막혀 말했다.

"사람이 사람과 사귀는 것은 인륜의 도리요, 사람이 다른 종족과 사귀는 것은 떳떳한 일이 아니오. 그러나 일이 이미 이렇게 되어 버렸으니 어쩌겠소?

당신은 진실로 하늘이 준 인연인데 어찌 내가 배필의 죽음을 팔아 나의 이득을 챙길 수 있겠소? 당치도 않은 소리요."

처녀가 다시 말했다.

"낭군님, 그 같은 말씀은 하지 마십시오. 제가 일찍 죽는 것은 하늘의 명령이요, 저의 소원이며, 낭군의 경사이자 우리 일족의 복이요, 온 나라 사람들의 기쁨입니다. 한 번 죽어 다섯 가지 이로움을 얻을 수 있는데 왜 그것을 마다하겠습니까? 낭군께서 저를 위하여 절을 짓고 불경을 강론하여 좋은 업보를 얻게만 해주신다면 저도 낭군의 은혜를 잊지 않겠습니다."

김현과 처녀는 서로 부둥켜안고 울면서 작별하였다.

다음 날, 과연 사나운 호랑이 한 마리가 성안에 들어와서 사람들을 해치니 누구도 당하지 못하였다. 왕은 온 나라에 명을 내려 호랑이를 잡는 사람에게는 2급 벼슬을 주겠다고 약속하였다.

그때 김현이 대궐에 들어가 아뢰었다.

"소신이 호랑이를 잡아 오겠습니다."

왕은 먼저 벼슬을 주며 그를 격려하였다.

김현은 칼을 쥐고 어제 처녀와 만나기로 약속한 숲 속으로 들어갔다. 숲에 들어가니 미리 와 기다리고 있던 호랑이가 다시 아리따운 낭자의 몸으로 변하며 반갑게 맞아 주었다.

"낭군님, 어젯밤 우리가 마음속 깊이 정을 나누었던 일을 잊지 마십시오. 오늘 제 발톱에 상처를 입은 사람들은 모두 흥륜사의 간장을 바르고, 그 절의 나발 소리를 들으면 나을 것입니다."

말을 마친 처녀는, 김현이 차고 있던 칼을 뽑아 들더니 스스로 목을 찔러 죽었다.

김현은 숲 속에서 나와 호랑이를 잡았다고 말하고, 호랑이에게 상처를 입은 사람들을 불러모아 처녀가 일러 준 방법대로 모두 치료하여 주었다. 지금도 민가에서는 범에게 상처를 입었을 때 이런 방법을 쓴다고 한다.

김현은 벼슬에 오른 뒤 서천 가에 호원사虎願寺를 짓고 항상 범망경梵網經을 강론하며 죽은 호랑이 처녀의 명복을 빌었다.

신도징이 사랑한 호랑이 아내

신도징申屠澄이 한주漢州 관리로 임명되어 임지로 가는 길에 진부현眞符縣의 동쪽 십 리가량 되는 곳을 지날 때였다. 갑자기 심한 눈보라가 일더니 한파까지 밀어닥쳐 더는 앞으로 나아갈 수 없게 되었다. 사방을 둘러보며 잠시 쉴 곳을 찾는데 마침 길옆에 초가집 한 채가 보였다. 신도징은 그 집으로 들어가 잠시 있기를 부탁하기로 하였다.

집에 들어가 보니 늙은 부모와 열 네, 다섯 살쯤 되어 보이는 처녀가 살고 있었다. 처녀는 비록 머리는 헝클어지고 옷은 때가 묻어 지저분하였으나 눈처럼 흰 살결과 꽃같이 아름다운 얼굴을 지니고 있었다. 두 노인은 신도징이 들어오는 것을 보더니 급히 일어나며 말했다.

"심한 추위와 눈을 만나셨군요. 어서 이리로 오셔서 불을 쬐시지요."

신도징은 눈보라가 멎기를 기다리며 한참을 앉아 있었다. 하지만 날은 저무는데 눈보라는 그칠 줄을 몰랐다. 신도징은 염치 불구하고 노인에게 부탁했다.

"임지까지 가려면 아직도 갈 길이 먼데 날씨가 이 모양이니 아무래도 오늘 밤은 여기서 하루 묵어야 할 것 같습니다. 괜찮겠습니까?"

"집이 비록 누추하지만 괜찮으시다면 그렇게 하십시오."

신도징은 말안장을 풀고 침구를 폈다. 노인의 딸은 손님이 묵자 얼굴을 닦고 곱게 단장을 하고 나왔다. 신도징은 아름다운 그녀의 모습에 그만 반하고 말았다.

다음 날 신도징은 두 노인에게 정식으로 청혼을 하였다.

"따님의 총명과 슬기로움이 남보다 뛰어납니다. 아직 미혼이면 감히 혼인하기를 청합니다."

"귀한 손님께서 거두어 주신다면 감사할 따름이지요. 이 또한 연분이 아니겠습니까?"

신도징은 마침내 사위의 예를 행하고 타고 온 말에 그녀를 태워 길을 나섰다.

임지에 이르러 생활하는데 비록 봉급이 적어 생활이 여유롭지는 않았으나 아내는 집안 살림을 잘 돌보았다. 아이도 1남 1녀를 두었는데 모두 총명하고 슬기로웠다. 신도징은 단란한 가정에 마냥 행복하였고, 이런 행복을 가져다 준 아내를 더욱 공경하고 사랑하였다.

신도징은 자신의 마음을 시로 지어 아내에게 주었다.

한 번 벼슬하니 매복*이 부끄럽고,
삼 년 지나니 맹광*이 부끄럽구나.

* 매복(梅福) | 중국 전한(前漢)의 학자로 성제(成帝)와 애제(哀帝) 때 자주 상서하여 시사(時事)를 말했다고 한다. 후에는 관직을 버리고 독서를 즐겼으며 왕망(王莽)이 정치를 마음대로 하자 처자를 버리고 구강(九江)으로 가서 신선이 되었다고 한다.
* 맹광(孟光) | 가난한 어진 선비 양홍(梁鴻)의 뜻을 받들어 함께 패릉산(霸陵山)으로 들어가서 농사짓고 천을 짜며 평생의 고락을 함께 하여 어진 아내로 불렸다.

이 정을 어디다 비길까,
　　냇물 위에 원앙새 같구나.

　그날 아내는 종일 남편이 준 시를 읊으며, 속으로는 화답하는 듯했으나 그것을 입 밖으로 내지는 않았다.
　어느덧 임기가 다하여 신도징은 벼슬을 그만두고 가족과 함께 본가로 돌아가야 할 때가 되었다. 집으로 돌아가려고 짐을 꾸리는데 아내가 문득 슬픈 얼굴로 말했다.
　"요전에 주신 시 한 편에 화답하겠습니다."
　그녀는 이렇게 읊었다.

　　부부의 정이 비록 소중하지만,
　　산림에 뜻이 더 깊었네.
　　시절이 변하면,
　　백년해로 저버릴까 늘 마음 졸였네.

　신도징은 시의 내용이 조금 맘에 걸렸지만 대수롭지 않게 그냥 넘겼다.
　드디어 고향으로 가던 중, 신도징은 아내를 처음 만난 초가집에 들르게 되었다. 하지만 집에는 사람이라고는 아무도 없었다.

아내는 집으로
들어가더니 종일토록
울기만 하였다.
그러던 아내가
문득 울음을 멈춘
것은 벽 모퉁이에 걸린
한 장의 호랑이 가죽을 보고서
였다. 벽에 걸린 한 장의 호랑이
가죽을 본 아내는 갑자기 환하게
웃더니 이렇게 외쳤다.

"이 물건이 아직도 여기에 있는 것을 몰랐구나."

아내는 그것을 뒤집어쓰더니 곧 호랑이로 변하여 어흥거리며 문을 박차고 나가 버렸다. 아내의 갑작스런 변신에 넋을 잃은 신도징은 두 아이를 데리고 구석에 멍하니 피해서서 호랑이가 간 길을 물끄러미 바라보았다. 그는 며칠을 울며 기다렸지만 끝내 호랑이는 돌아오지 않았다.

효성이 지극한 **자식** 이야기

진정스님의 효와 출가

신라의 진정眞定스님은 출가하기 전에 군대에 예속되어 있었다. 집이 너무 가난해서 장가도 들지 못하고 틈나는 대로 품을 팔아 얻은 곡식으로 홀어머니를 봉양하였다. 재산이라고는 오직 다리 부러진 솥 하나가 전부였다.

어느 날 진정의 어머니가 혼자 집에 있는데 시주를 구하는 스님이 오더니 절을 짓는 데 쓸 쇠붙이를 시주하라고 하였다. 어머니는 하나뿐인 솥을 선뜻 내주었다.

그날 저녁 진정이 밖에서 돌아오자 어머니는 낮에 있었던 일을 말하며 아들의 눈치를 살폈다. 진정은 기쁜 빛을 띠며 말했다.

"절 짓는 데 시주하는 것이 얼마나 좋은 일입니까? 비록 솥은 없어졌지만 무엇을 걱정하겠습니까?"

진정은 질그릇을 솥으로 삼아 음식을 익혀 어머니를 봉양하였다.

하루는 의상법사가 태백산에 와서 설법을 한다는 말을 들은 진정이 가고 싶은 마음을 어머니께 은근히 비치며 말했다.

"어머니, 효도를 마친 뒤에 저는 의상법사에게 가서 머리 깎고 도를 배울 것입니다."

그러자 어머니가 말했다.

"불법은 만나기가 어렵고, 인생은 너무나 빠른 것이다. 효도를 마치고서 간다면 너무 늦지 않겠느냐? 내가 죽기 전에 네가 불교에 귀의한다면 나도 무척 기쁠 것이다. 주저하지 말고 지금 당장 가거라."

진정은 펄쩍 뛰었다.

"어머님 곁에 오직 저 하나뿐인데 어찌 제가 어머니를 버리고 홀로 출가할 수 있겠습니까? 그럴 수는 없는 일입니다."

어머니는 진정을 설득하였다.

"네가 나 때문에 출가를 못한다면 나는 지옥에 떨어지게 될 것이다. 비록 생전에 네가 나를 아무리 극진히 봉양했다 하더라도 그것이 어찌 효도가 되겠느냐? 나는 비록 남의 집 문간에서 먹을 것과 입을 것을 빌더라도 천수를 누릴 것이니, 꼭 내게 효도를 하고자 한다면 그런 말은 말거라."

진정이 선뜻 결정을 하지 못하자 어머니가 벌떡 일어나 쌀자루에 남은 일곱 되의 쌀을 모두 털어 밥을 짓더니 진정을 재촉하며 말했다.

"네가 밥을 지어 먹으면서 가자면 더딜 것이다. 그러니 내 눈앞에서 이 한 되 밥을 어서 먹고 나머지 여섯 되 밥은 싸 가지고 빨리 떠나거라."

진정은 흐느껴 울면서 말했다.

"어머님을 혼자 버려두고 출가하는 것도 자식된 자로서 차마 하기 어려운 일인데 얼마 안 되는 쌀까지 다 싸 주시면 천지가 저를 무엇이라고 하겠습니까?"

진정은 세 번을 사양하며 굳이 받지 않으려 하였지만, 어머니는 세 번을 권하였다. 진정은 어머니의 뜻을 차마 거스르기 어려워 그것을 받아가지고 길을 떠났다.

밤낮으로 걸어 삼 일 만에 드디어 태백산에 이른 진정은 의상법사에게 가 머리를 깎고 제자가 되었다.

삼 년 지나 어머니의 죽음이 전해졌다. 진정은 가부좌를 하고 선정*에 들어가 이레 만에야 나왔다. 사람들은 "어머니에 대한 추모의 마음과 슬픔이 너무 커 견딜 수 없었으므로 선정에 들어가 슬픔을 씻은 것이다."라고 하였다. 혹은 "선정으로써 어머니께서 사시는 곳을 관찰하였다."고도 하였고, "어머니의 명복을 빈 것이다."고도 하였다.

선정을 하고 나온 뒤에 진정은 그 일을 의상에게 말했다. 의상은 삼천 명의 제자를 거느리고 소백산 추동錐洞에 가 초가를 짓고 약 90일 동안 화엄대전華嚴大典을 강론하였다. 제자 중에 지통智通이 강론의 요지를 뽑아 책 두 권을 만들고 이름을 『추동기錐洞記』라고 하였다. 강론을 마치자 그 어머니가 꿈에 나타나서 '나는 이미 하늘에 환생하였다.' 고 말했다.

---

* 선정(禪定) | 불교에서 세속의 정을 끊고 삼매경에 이르는 일.

두 부모를 섬긴 김대성

모량리에 경조慶祖라는 가난한 여인이 살았다. 여인에게는 아이가 하나 있었는데 머리가 크고 정수리가 평평한 것이 마치 성城같기에 이름을 대성大城이라고 지었다.

대성은 집이 너무 가난하여 부자 복안福安의 집에 가서 품팔이를 하고 대가로 약간의 밭을 얻어 겨우 먹고 살았다.

그러던 어느 날이었다. 여느 날처럼 복안의 집에서 품을 팔고 있는데 점개漸開라는 사람이 오더니 복안에게 보시할 것을 권하였다. 복안은 베 오십 필을 선뜻 보시하였다. 점개는 복안의 보시에 감사하며 주문을 읽어 그를 축복해 주었다.

"당신이 보시하기를 좋아하시니 천신이 항상 당신을 지켜 주실 것입니다. 한 가지를 보시하면 일만 배를 얻게 되는 법이니 당신은 편안하게 장수하실 것입니다."

집에서 일을 하다 이 말을 들은 대성은 그 길로 뛰어 들어가 어머니에게 말했다.

"어머니, 제가 문간에 온 스님이 말하는 소리를 들었는데 한 가지를 보시하면 일만 배를 얻는다고 합니다. 생각해 보니 제가 이렇게 가난하게 사는 것은 모두 전생에 선행을 쌓은 일이 없어서인 것 같습니다. 그런데 이제 또 보시하지 않는다면 내세에는 더욱 구차하게 살지 않겠습니까? 그러니 제가 복안의 집에서 품팔이를 하는 대가로 얻은 밭을 지금 보시합시다. 그러면

훗날 복이 오지 않을까요?"
 어머니는 좋다고 하였다. 대성은 밭을 점개에게 보시하였다.
 이런 일이 있고 얼마 지나지 않아 대성은 세상을 떠났다.
 그런데 이날 밤 김문량金文亮이라는 재상의 집에 하늘에서 무슨 소리가 들렸다.
 "모량리에 살던 대성이란 아이가 지금 너의 집에 태어날 것이다."
 문량은 너무 놀라 사람을 시켜 이 말이 과연 사실인지를 조사하게 하였다. 그랬더니 정말로 모량리에 대성이란 아이가 살다가 얼마 전에 죽었다고 하였다. 날짜를 따져 보니 대성이 죽은 날과 하늘에서 소리가 나던 날이 일치하였다.
 신기하게도 꿈을 꾼 날부터 김문량의 아내는 태기가 있었다. 열 달 뒤 아이를 낳았는데 잘생긴 사내아이였다. 특이하게도 그 아이는 날 때부터 왼손을 꼭 쥐고 있었다. 이상하게 생각한 주위 사람들이 손을 펴보려고 했지만 아무리 펴려고 해도 손은 펴지지 않았다.

이레가 지나 아이가 스스로 손을 폈는데 손에는 놀랍게도 '대성'이라는 두 글자가 새겨진 금쪽이 쥐어져 있었다. 사람들은 쪽대에 쓰여진 대로 그를 대성이라 이름 지었다. 대성은 모량리에 사는 그의 어머니 경조를 집으로 모셔 와 지금의 어머니와 함께 봉양하였다.

대성은 자라면서 사냥을 무척 좋아하였다. 그날도 토함산에서 곰 한 마리를 잡고 내려와 산 밑 마을에서 잠을 자고 있었는데 꿈에 자신이 죽였던 곰이 나타나 시비를 걸었다.

"너는 어찌하여 나를 죽였느냐? 내가 환생하여 너를 잡아먹겠다."

대성은 너무 무서워서 용서해 달라고 빌었다. 그러자 귀신이 대성에게 물었다.

"네가 나를 위하여 절을 세워 줄 수 있겠느냐?"

대성은 그러겠다고 약속하고 꿈에서 깨었다. 일어나 보니 얼마나 땀을 흘렸던지 자리가 땀으로 흥건히 젖어 있었다.

대성은 그 꿈 이후로는 다시 사냥을 하지 않았으며, 꿈에서 약속한 대로 곰을 잡은 그 자리에다가 장수사長壽寺를 세워 주었다.

대성은 이 일을 겪은 뒤에 느낀 것이 많아 불심이 더욱 깊어졌다. 대성은 이승의 부모를 위해 불국사를 세우고, 전생의 부모를 위해 석불사(석굴암)를 세웠다. 그리고 신림神琳·표훈表訓 두 스님을 모셔다가 두 절에서 각각 살게 하였다. 또 아름답고 큰 불상을 설치하여 낳고 길러 준 부모의 은혜에 보답하고자 하였다.

　대성처럼 전세와 현세의 두 부모에게 효도한 이는 찾기 어렵다. 착한 보시의 영험이라 하지 않을 수 없다.

　대성에게는 영험한 일이 또 있었는데 석불을 조각할 때의 일이다. 큰 돌 하나를 다듬어 탑의 지붕을 만들고 있는데 돌이 갑자기 세 조각으로 갈라져 버렸다. 너무 속상한 나머지 잠시 누웠다가 깜빡 잠이 들었는데 일어나 보니 탑의 지붕이 멀쩡하게 완성되어 있었다. 밤 사이 천신이 내려와 다 만들어 놓고 돌아간 것이다. 대성은 너무도 감격하여 자리에서 벌떡 일어나 남쪽 고개로 급히 달려갔다. 그리고 향나무를 태워 천신에게 공양을 드렸다. 그곳의 이름을 향령香嶺이라고 하였다.

아이를 묻은 손순

옛날 모량리에 손순孫順이라는 사람이 살았다. 그는 아버지가 죽은 뒤 아내와 함께 남의 집에 품을 팔아 얻은 양식으로 어렵사리 늙은 어머니를 봉양하며 살았다. 어머니의 이름은 운오運烏였다.

손순에게는 어린아이 하나가 있었는데 어머니의 음식을 늘 빼앗아 먹었다. 보다 못한 손순이 아내에게 말했다.

"아이는 다시 얻을 수가 있지만 어머니는 다시 구하기 어렵소. 저 아이가 어머님의 음식을 매일 빼앗아 먹으니 어머님은 하루도 배를 곯지 않는 날이 없구려. 그러니 이제 저 아이를 땅에 묻어서 어머님이라도 배 불리 드시게 해야겠소."

아내는 가슴이 미어지는 듯했지만 남편의 뜻에 따르기로 하였다.

그날 부부는 아이를 업고 취산醉山 북쪽 들에 가서 땅을 파기 시작하였다. 한참 땅을 파 내려가는데 땅 속에 뭔가가 있는 것 같았다. 계속 파 보니 이상하게 생긴 돌종이 하나 나왔다. 부부는 돌종을 나무에 걸어 놓고 시험 삼아 두드려 보았다. 그러자 신비로운 종소리가 은은하게 멀리 퍼졌다. 손순의 아내가 말했다.

"여보, 이 종은 보통 종이 아닌 것 같습니다. 이런 종을 얻은 것도 다 이 아이의 복인 듯하니 아이를 묻지 맙시다."

손순도 아내의 말에 동의하였다.

부부는 다시 아이와 돌종을 지고 집으로 돌아왔다. 그리고 종을 들보에

매달아 두고 두드렸다. 소리는 은은히 퍼져 대궐에까지 들렸다.

궐 안에서 이 종소리를 들은 흥덕왕이 깜짝 놀라 주변 신하들에게 말했다.

"서쪽 들에서 이상한 종소리가 나는데 맑고 멀리 들리는 것이 보통 종소리가 아니다. 빨리 가서 조사해 보아라."

왕의 명령을 받은 신하들이 손순의 집에 와 종을 얻은 사연을 낱낱이 캐물으니 손순은 그간의 일을 사실대로 아뢰었다. 신하들은 돌아가 모든 사연을 왕에게 자세히 보고하였다. 왕은 감탄하며 말했다.

"옛날 곽거郭巨라는 사람이 아들을 땅에 묻자 하늘에서 금솥을 내려 주었다고 하는데 이번에는 손순이 아이를 묻자 땅 속에서 돌종이 솟아나왔구나. 이것은 전세의 효도와 후세의 효도를 천지가 함께 보시는 것이로구나."

왕은 손순의 지극한 효심에 감동하여 집 한 채를 내려 주고, 해마다 벼 50석을 주었다.

손순은 예전에 살던 집을 절로 삼아 홍효사弘孝寺라 하고 돌종을 거기에 잘 모셔 두었다. 진성왕 때에 후백제의 난폭한 도둑들이 그 마을에 쳐들어왔을 때 종은 없어지고, 지금은 그 절만 남아 있다.

남의 집에 품을 팔아 어머니를 봉양한 가난한 딸

진성여왕 때 화랑 효종랑이 친구들과 남산 포석정에 놀러가기로 하였다. 약속한 시간이 되어 속속 친구들이 모여 드는데 유독 두 친구만이 오지 않았다. 한참을 기다리니 두 친구가 숨가쁘게 달려왔다. 효종랑이 두 친구에게 늦게 온 이유를 물으니 그들이 대답하였다.

"분황사 동쪽 마을을 지나는데 스무 살 안팎의 여인이 눈이 먼 어머니를 껴안고 울고 있지 뭔가. 모녀 사이에 무슨 애절한 사연이 있는 듯싶어 마을 사람들에게 까닭을 물어보았네. 그러자 사람들이 말하기를 '저 여인의 집은 너무 가난해서 어린 딸이 남의 집에서 음식을 빌어다가 어머니를 겨우 봉양해 왔지요. 그런데 올해는 마침 흉년이 들어 그것마저도 어려워졌습니다. 그래서 얼마 전부터는 딸이 남의 집에 가서 품을 팔아 어머니를 봉양해 왔습니다. 새벽이면 주인집에 가서 일을 하고 저녁에는 그 집에서 얻어 온 쌀로 밥을 해 어머니께 드리곤 했지요. 그렇게 며칠이 지난 어느 날, 어머니가 딸을 불러 놓고, 이전 거친 음식을 먹을 때도 마음이 편하였는데 요 며칠은 쌀밥을 먹어도 창자를 찌르는 것 같으니 어찌된 일이냐고 물었답니다. 딸이 사실대로 말하였더니 어머니는 너무도 속이 상해 소리 내어 통곡하였습니다. 효성스런 딸은 자기가 다만 어머니의 배를 부르게 해 드리는 것만을 생각하고 마음을 편케 해 드리는 것은 생각지 못한 것을 탄식하면서 저렇게 서로 껴안고 울고 있는 것이라오.' 하더군. 모녀의 슬픈 사연을 듣고 오느라 이렇게 늦었네."

효종랑은 이 말을 듣고 이들 모녀에게 곡식 백 석을 보냈다. 효종랑의 부모도 옷 한 벌을 보냈으며 효종랑의 낭도들은 곡식 천 석을 거두어 그들에게 보내 주었다.

 이 일이 왕에게까지 전해지자 왕은 모녀에게 곡식 오백 석과 집 한 채를 내려 주었으며 군사들을 보내서 그 집을 호위하게 해주었다. 또 그 마을을 효양리孝養里라 하여 세상 사람들이 널리 본받게 하였다. 후에 그 집을 절로 삼고 양존사兩尊寺라고 하였다.

작품 해설 | 최선경

옛사람과 만나는 즐거운 이야기 여행

『삼국유사』는 깨친 마음과 높은 심미안, 뛰어난 식견을 지닌 고승 일연이 제시한 인간과 삶에 대한 함축含蓄이다. 그러기에 처음 읽어도, 다시 읽어도 늘 새롭고, 커 보이는 책이 바로 『삼국유사』다.

　역사와 설화, 사실과 허구, 현실과 판타지의 경계를 자유로이 넘나들며 전개되는 알 듯 모를 듯한 이야기의 파노라마 속에서 끝없이 펼쳐지는 상상력, 그 가운데 문득 깨닫게 되는 삶의 진리, 그 후에 남는 긴 여운과 아련한 감동. 이것이 바로 『삼국유사』가 우리 고전의 으뜸으로 꼽히는 이유이다.

『삼국유사』의 가치

13세기 말, 말년에 국사國師까지 지낸 승려 일연이 펴낸 『삼국유사』는 우리 고대의 역사, 문학, 종교, 민속, 미술, 지리 등의 보고寶庫라 할 수 있는 귀중한 유산이다. 『삼국유사』의 가치는 이보다 100여 년 앞서 편찬된 김부식의 『삼국사기』와 견줄 때 더욱 빛을 발한다. 『삼국사기』가 왕명에 의해 사관史官이 편찬한 정사正史로서 유교적 합리주의를 표방한, 사대주의적 성격이 강한 역사서인데 반해 『삼국유사』는 불교에 몸담고 있는 승려가 개인적으로 편찬한 야사野史이면서 자주적, 민족주의적 색채를 강하게 띤 복합적 성격의 저술이다. 육당六堂 최남선崔南善이 일찍이 『삼국유사』를 평하면서 "『삼국사기』와 『삼국유사』 중에서 하나를 택하여야 될 경우를 가정한다면, 나는 서슴지 않고 후자를 택할 것"이라고도 했듯 『삼국유사』는 우리의 자주적,

민족주의적 역사 인식을 담고 있는, 그래서 더 소중하게 다가오는 책이다.
 일연은 『삼국사기』에서 보이는 중국 중심의 사대주의적 사고를 극복하고자 하는 인식을 『삼국유사』「기이紀異」편 서문에 잘 표현해 놓았다.

> 대저 성인들은 예악으로써 나라를 일으킬 때 인의로 가르침을 베풀었는데 괴력난신怪力亂神을 말하지 않았다. 그러나 제왕이 장차 일어날 때에는 부명과 도록을 받게 되므로 반드시 남들과 다른 것이 있었다. 그런 후에야 큰 변화를 타고 제왕의 지위에 올라 큰일을 이룰 수 있었던 것이다. ……(중략)…… 그런 즉 삼국의 시조가 모두 신이하게 태어났다고 하여 무엇이 괴이하단 말인가? 이것이 기이 편을 이 책의 처음에 실은 까닭이며, 의도이다.

일연은 『삼국사기』를 겨냥하여 유교의 성인들이 유교적 합리주의에 근거하여 괴력난신을 말하지 않았지만 괴력난신과 신이神異는 구분되며, 중국 역대 제왕들이 신이하게 탄생한 것처럼 우리 삼국의 시조도 신이하게 탄생한 것이 하등 괴이할 것이 없으므로 이들을 역사로 남겨야 한다는 인식을 분명하게 드러냈다. 「기이」편에서 「효선孝善」편에 이르기까지 『삼국유사』 전편에 흐르고 있는 신이성의 코드는 일연의 이러한 역사 인식에 기대어 이해할 수 있다.

『삼국유사』의 체재와 내용

일연의 저작 『삼국유사』는 전체 5권으로 이루어져 있으며, 5권은 다시 아홉 편의 편목으로 나뉘어 있다. 그 체재와 내용은 다음과 같다.

권1에 「왕력王曆」 제1과 「기이紀異」 제1을, 권2에 「기이」 제2를, 권3에 「흥법興法」 제3과 「탑상塔像」 제4를, 권4에 「의해義解」 제5를, 권5에 「신주神呪」 제6과 「감통感通」 제7과 「피은避隱」 제8 및 「효선孝善」 제9를 각각 수록하고 있다. 이러한 체재는 『고승전』과 닮아 있으나 완전히 동일하지는 않다.

「왕력」 편은 연표年表로서, 신라, 고구려, 백제 및 가락駕洛의 순으로 신라 초두에서 후삼국의 고려 태조 통일에 이르기까지의 왕대王代와 연표가 도표로 정연하게 정리되어 있다.

제2의 「기이」 편 권일卷一에는 단군조선부터 삼한三韓, 부여扶餘, 고구려와 통일 이전 신라 태종무열왕대에 이르는 시기의 중요한 일이 왕조 중심으로 기록되어 있다. 권이卷二에는 통일신라시대 문무왕文武王에서 신라 마지막 임금인 경순왕敬順王까지 신라를 중심으로 백제와 후백제, 가야의 왕 혹은 왕 주변에서 일어났던 신이한 일이 기록되어 있다.

제3의 「흥법」 편에는 삼국의 불교 전래와 불법을 일으킨 사람들에 관한 이야기가 실려 있다.

제4의 「탑상」 편에는 신라의 불탑과 불상에 얽힌 이야기, 사탑寺塔의 유래를 중심으로 한 이야기가 수록되어 있다.

제5의 「의해」 편에는 신라의 수행 높은 고승들의 전기가 모여 있다.

제6의 「신주」 편에는 신이한 행적을 보여 준 신라의 승려들에 관한 이야기가 실려 있다.

제7의 「감통」 편에는 신이하고 경이로운 감응感應의 이야기가 수록되어 있다.

제8의 「피은」 편에는 무엇에도 매이지 않는 초탈超脫한 행적을 보인 사람들의 이야기가 실려 있다.

마지막으로 제9의 「효선」 편에는 효와 선을 행한 사람들의 아름다운 이야기 다섯이 실려 있다.

일연의 생애

『삼국유사』의 저자인 일연은 고려 희종熙宗 2년인 1206년 경상도 경산慶山에서 태어났다. 출가하기 전의 성은 김씨金氏였으며 이름은 견명見明이었다. 어려서 일찍 아버지를 여읜 그는 홀어머니 밑에서 외로이 성장하였고, 아홉 살 되던 해인 1214년에 해양海陽, 곧 지금의 전라도 광주의 무량사無量寺에 들어가 수도 생활을 시작하였다. 그리고 이것이 인연이 되어 열네 살이 되던 해 설악산 진전사陳田寺 대웅장노大雄長老에게 가서 머리를 깎고 승려가 되었다.

그 후 여러 절을 돌아다니며 수행한 일연은 스물두 살에 불교의 과거격인

승과에 나가 상상과上上科에 합격하고, 포산包山 곧 지금의 대구 근처 비슬산 琵瑟山 보당암寶幢庵에 머물면서 수행을 계속하였다. 당시는 몽고군이 고려를 침략해 와서 고려 사회가 무척 혼란하였는데 일연은 이런 상황에서도 흔들림 없이 수도에 정진하여, 삼중대사三重大師, 선사禪師의 직급에 차례로 오르게 되었다.

포산에 거처하던 일연은 마흔네 살이 되던 해에 당대의 실력자인 정안鄭晏의 초청을 받아 남해의 정림사定林社에 주지로 근무하면서 더욱 두각을 나타낸다. 일연은 정림사에 머물면서 남해의 분사대장도감分司大藏都監의 작업에 참여하였으며, 정림사에서 거처를 옮겨 윤산輪山의 길상암吉祥庵에 머무르면서는 『중편조동오위重編曹洞五位』를 간행하였다.

몽고와의 강화가 성립되고 원종元宗이 즉위한 1261년 일연은 쉰여섯 살의 나이로 국왕의 부름을 받아 임시 수도인 강화로 가서 선월사禪月寺에서 거주하였다. 그리고 3년 뒤인 쉰아홉 살 때는 지금의 포항 근처인 영일의 오어사吾魚寺에 내려와 잠시 머물렀으며, 다시 인홍사仁弘寺로 옮겨 그곳에서 거처하였다.

충렬왕이 즉위한 지 3년이 되는 해인 1277년 일연은 다시 일흔두 살의 나이에 왕명을 받고 운문사雲門寺에 주석하게 된다. 아마 이 무렵이 『삼국유사』의 찬술을 시작한 시기가 아닐까 추측된다.

일흔여섯이 되던 해에 경주 행재소에서 임금을 모시게 된 일연은 그 다음

해 왕을 따라 개성으로 올라가 광명사廣明寺에 주석하며 법회를 열고 여러 일을 주관하였다.

충렬왕 8년인 1283년 일연은 국존國尊으로 책봉되었으며, 일흔아홉 살 되던 1284년에는 개성을 떠나 인각사麟角寺에 머물면서 구산문도회九山門都會를 개최하는 등 활발한 활동을 하였다. 『삼국유사』가 마무리 된 것도 이 무렵인 것으로 보인다.

말년까지 쉼 없는 활동을 한 일연은 여든네 살 되던 해인 1289년 칠월칠석날 밤에 입적하였다. 그에게는 보각普覺이라는 시호가 내려졌다. 인각사에 그의 탑과 비석이 남아 있으며, 행적비는 운문사에 있다.

『가려 뽑은 삼국유사』의 구성과 의의

이 책은 『삼국유사』에 실린 이야기 가운데 흥미 있으면서도 청소년이 꼭 알아야 할 이야기만을 골라 7개의 주제로 나누어 엮었다. '나라를 세운 영웅 이야기'에서는 고조선, 고구려, 백제, 신라, 가야를 세운 건국 영웅의 신이한 탄생에서부터 건국에 이르기까지의 과정을 담은 이야기를 모았다. '왕을 도와 공을 세운 신하 이야기'에서는 나라에 충성을 다한 신하, 적극적으로 나서서 왕이 처한 어려움을 해결해 준 신하의 이야기를 모았다. '왕과 왕 주변의 신기한 이야기'에서는 왕과 왕 주변에서 일어난 신기하고 놀라운 이야기를 골라 엮었다. '수행이 높은 고승 이야기'에서는 고승들의 수행담과

이적담異蹟談을, '부처님이 나타나 도와준 이야기'에서는 부처님이 불력을 발휘하여 어려움에 처한 중생들을 구제해 준 영험한 이야기를 모았다. '신이한 행적을 보인 여성 이야기'에서는 신이한 능력을 발휘하여 놀랄 만한 행적을 남긴 여성의 이야기를, '효성이 지극한 자식 이야기'에는 정성을 다해 부모를 봉양한 효심 지극한 효자, 효녀의 이야기를 묶었다.

일연이 『삼국유사』 서문에서 '신이神異한 이야기 속에 진정한 진리가 숨어 있다'고 밝혔듯 『삼국유사』에는 신이한 이야기가 가득하다. 신이한 이야기들은 일견 허황되고 황당해 보이지만 찬찬히 이야기를 음미해 보면 그 안에는 엄청난 삶의 진리가 숨겨져 있음을 깨닫게 된다. 상상력을 자극하는 환상적인 이야기, 그 안에 담긴 깊이 있는 삶의 철학, 이것이 진정 『삼국유사』가 지닌 매력이 아닐까 한다.

『가려 뽑은 삼국유사』는 『삼국유사』에 실린 이야기 중에서도 특히 상상력을 자극하는, 읽고 난 후에 생각할 거리를 많이 남겨 주는 이야기만을 골라 엮었다. 또한 청소년의 이해를 돕기 위해 원전을 쉽게 풀이하였으며, 상세한 주석과 재미있는 삽화를 곁들였다. 따라서 이 책이야말로 우리 청소년이 상상력과 창의력을 키우는 데 꼭 필요한 책이라 생각된다. 아무쪼록 선인들의 숨결 가득한 이 책을 읽는 내내 마음껏 상상하고, 자유롭게 생각을 펼치는 즐거운 여행이 되길 바란다.